LE POULPE

KOP D'IMMONDES

ISBN : 2-84219-150-1
ISSN : 1265-986X

LE POULPE

michel pelé & frédéric prilleux

KOP D'IMMONDES

LE POULPE
ÉDITIONS BALEINE

Michel Pelé :

L'interprétation des raves, Éditions Baleine,
Tourisme & Polar, 1997

Pour Catherine, Paul et Martin avec tout mon amour.
F.P.

À Edson Arentès do Nascimento
et à la mémoire de Louis Pelé.
M.P.

– Merde ! Encore au-dessus ! C'est pas possible de rater un truc pareil ! Ça fait déjà trois fois !
– Il est pas sur son bon pied…
– Ouais, ben au prix qu'il est payé, les deux pieds sont bons.

Yvon et René, Guingamp-Nice,
12 septembre 1996

Quand j'arrêterai le football,
je sais que je redeviendrai un nègre.

Pelé

1
Coup d'envoi

L'endroit était idéal. Juste assez loin pour tenter quelque chose par surprise, pas assez près pour avoir l'arrière-garde sur le dos. La zone dont on ne se méfie pas, pas encore dangereuse dans l'esprit du débutant. Et en face, c'était loin d'être des débutants : le grand Olympique de Marseille *himself*, plus titré y'avait pas, mais bon, en ce moment c'était plutôt le maintien que la Coupe d'Europe, on faisait plus trop les malins sur la Canebière. Même quand l'équipe se déplaçait comme ce soir à Guingamp, fierté du football breton, pour une place en quart de finale de la Coupe de France.

Du haut de son mètre quatre-vingt-huit, Barrac'h pouvait voir dans le brouillard naissant les silhouettes aux maillots blancs, quadrillant parfaitement le terrain. Mais aucune ne faisant mine de l'attaquer.

Un coup d'œil à la pendule : 42:18. C'était le moment ou jamais. Le Breton passa le rond central balle au pied, leva la tête, et contrairement à ce que pensaient ses partenaires, le banc de touche, les envoyés spéciaux, sa belle-mère qui n'avait pas manqué un seul match des «rouge et noir» depuis la saison 72-73, bref le stade tout entier, et à l'encontre de cette règle d'or du parfait footballeur, il ne cherchait pas de partenaire démarqué.

Car il avait vu.

Le gardien d'en face était avancé. Et pas qu'un peu. Trois bonnes enjambées au devant de sa surface. Sûrement pour y voir un peu mieux, les joueurs commençant à ressembler à des ectoplasmes. Barrac'h ne se posa pas de question. Il arma son tir et, puisqu'il était doté de «la frappe de mule la plus puissante du championnat», en balance avec celle de Zakousky, le Tchèque de Bordeaux, il décida de mettre fin à la querelle d'experts.

Cinquante mètres, un peu d'élan.

La balle partit dans une trajectoire ascendante, fusante et stupéfiante. Elle décoiffa au décollage un milieu marseillais qui avait sauté sans conviction, s'éleva dans l'air ouaté, flotta un peu, avant de commencer à redescendre en piqué dans le dos du portier de l'OM, un peu à la pêche sur ce coup-là. Elle toucha l'herbe humide devant le but au moment où le goal arrivait au point de penalty. Elle eut un rebond, un seul, mesquin, franchit la ligne de but et vint mourir doucement au fond des filets.

Le stade entier explosa, les supporters pouvaient brandir les écharpes, l'entraîneur de l'OM invoquer la bonne mère, les reporters radio s'égosiller dans le poste, et Barrac'h courir comme un fou vers le Kop rouge. Il restait deux minutes à jouer, Guingamp menait un à zéro. Le petit club breton était toujours debout. Et les Marseillais presque éliminés.

* * *

L'endroit était idéal. Juste assez loin pour tenter quelque chose à l'abri des regards, pas assez près pour avoir le service d'ordre du club sur le dos. Avec une zone de repli suffisamment accessible pour être rassurante. La parfaite planque pour sniper débutant. Régler son compte à l'occupant sénile des lieux avait été un jeu d'enfant. Tout se passait comme prévu.

Le seul petit problème, c'était cette nappe de brouillard en formation surgie du néant enveloppant rapidement le stade. Du haut de son perchoir, l'homme commençait à avoir du mal à distinguer les joueurs, joyeux mâles occupés pour le moment à fêter leur but par un empilement des uns sur les autres, pratique dégoûtante et hélas trop répandue selon lui.

Un coup d'œil à la pendule le rassura : 44:02. Moins d'une minute avant la fin. Faudrait pas traîner, la brumasse tournait à la purée de pois. Dire que cinq minutes auparavant il voyait encore les visages fripés crispés dans la tribune présidentielle, là-bas, de l'autre côté. Il plaqua à nouveau l'œil sur la lunette de son fusil et balaya tout, tribune, bancs de touche, pelouse. Rien à faire. Des formes informes défilèrent sous son regard agacé. Seuls les quatre chiffres rouges luminescents parvenaient à percer la blancheur pour venir le narguer : 46:03. L'homme pesta contre l'arbitre et ses arrêts de jeu imaginaires, contre la Bretagne et son temps pourri, et contre sa victime.

Car il l'avait vue. Mais il venait de la perdre, happée par une bouche invisible aux gigantesques dents blanches. Bordel ! Tout cela n'allait tout de même pas foirer à cause d'une météo défavorable.

Il jura à nouveau contre la Bretagne, les Bretons et les fromages Kirrap, sponsor du club.

Dans sa fureur, il entendit à peine le triple coup de sifflet annonçant la fin des hostilités. Les dents serrées, l'œil larmoyant, le doigt crispé et les couilles écrasées sur le béton, l'homme, en position du tireur couché, suait à grosses gouttes. Les formes étaient devenues des taches mouvantes, et à part une intervention divine, toujours possible en ces terres bénies, la mission lui semblait sérieusement compromise. Il blasphéma pour la troisième fois, et sa bouche débitait des petits noms peu amènes pour le Seigneur. Et la lumière fut. Le miracle survint sous la forme d'une énorme rafale de vent. D'un seul coup, le stade entier fut illuminé comme aux premiers jours de sa création. L'homme faillit se laisser surprendre, paniqua presque. Il eut tout juste le temps de retrouver sa proie, de viser… et de voir retomber un nouveau banc de brume, encore plus béton. Sans se poser plus de questions, il appuya sur la gâchette, au jugé, là où la cible se tenait une seconde auparavant.

Cent mètres, sans élan.

La balle partit dans une trajectoire descendante, brûlante et perforante. Elle arracha un morceau de cuir chevelu au leader du kop, siffla aux oreilles de l'arbitre, estafila la joue de Kabalo, l'attaquant africain de Guingamp et s'arrêta net dans la poitrine de Michael-Friedrich Schumacher, entraîneur munichois en stage.

Son cœur explosa, et le Bavarois tomba lourdement devant le banc des visiteurs, le nez sur la ligne blanche, figé dans une grotesque position de sniffeur dément. Définitivement éliminé.

2
Schumacher sort, Lecouvreur entre

Assis dans son coin préféré, réservé presque, Gabriel Lecouvreur essayait de se concentrer sur l'analyse de la dernière prestation télévisuelle du président. L'analyse. Ouais. Le résumé, plutôt. Quand la matière manque pour l'exégèse... Le journaleux ramait sec pour tirer la substantifique moelle du discours du VIP *number ouane* de la République. Il aurait visiblement préféré chroniquer le dernier Ophélie Winter. Gabriel allait passer direct aux chiens écrasés, sa rubrique favorite, et à sa deuxième tartine rituelle lorsque la porte du Pied de Porc à la Sainte-Scolasse s'ouvrit d'un coup, laissant passer une sorte de géant vert, un type en ciré couleur épinard d'une taille impressionnante. Encore plus grand que Lecouvreur lui-même, qui du coup laissa un moment la misère du monde pour suivre des yeux le nouveau venu. L'inconnu se dirigea droit vers le comptoir où il salua Gérard avec un hochement de tête muet empreint d'une gravité solennelle. Un peu surpris, le patron du restaurant serra chaleureusement la main tendue au dessus du zinc.

– Loïc ! Qu'est-ce qui t'arrive ? T'as l'air soucieux ?

Gérard, en tenancier psychologue, savait reconnaître et interpréter les signes extérieurs du malheur de son prochain. Le dénommé Loïc s'accouda au bar et extirpa de son ciré un journal plié en quatre qu'il claqua violemment devant lui.

– Soucieux ? Si je suis soucieux ? Pas du tout !

Je suis furieux ! Lis-moi ça ! ordonna-t-il en pointant de son index le *Ouest France*.

Sans chercher à savoir, Gérard déplia le journal et tomba immédiatement sur le gros titre de la page Bretagne : « *Fin de match tragique au Roudourou.* »

« *À Guingamp, c'est la consternation : samedi soir, un homme est mort par balle sur le terrain de football municipal, au stade du Roudourou, à l'issue de la rencontre Guingamp-Marseille. Les deux équipes regagnaient les vestiaires après un match correct, quand soudain, Michael-Friedrich Schumacher, entraîneur allemand en stage en Côtes-d'Armor, s'écroula près du banc de touche sans raison apparente. Immédiatement sur les lieux, le médecin du club ne put que constater le décès de l'Allemand.*

Qui a bien pu abattre Schumacher ? Les circonstances du drame, un instant mystérieuses, sont maintenant clairement établies. Se faisant passer pour un agent EDF, un inconnu s'est introduit chez monsieur Robert Le Men, retraité, et l'a maîtrisé. Après avoir ligoté et bâillonné le vieillard, le tireur s'est posté sur le balcon du F3. Pour ceux qui ne connaissent pas le stade du Roudourou, il faut savoir qu'une partie en est visible depuis un groupe d'immeubles du quartier. Le tueur aura profité de ce côté pittoresque et sympathique pour commettre son immonde forfait. Malgré la distance le séparant de sa victime et un brouillard particulièrement dense en fin de soirée, il n'aura laissé aucune chance au malheureux. L'énigme demeure quant aux motivations d'un tel acte. Schumacher était depuis six jours à Guingamp et avait suivi son programme de stage tout à fait normalement. Son calme et sa grande culture footballistique l'avaient rendu sympathique aux yeux de tous. Tout ceux qui l'ont approché ces derniers jours ne comprennent vraiment pas pourquoi on a assassiné cet homme. Les enquêteurs non plus, visiblement. En attendant un début de piste sérieux, c'est tout une région qui est en deuil. »

Gérard poussa un long soupir. En face de lui, Loïc restait droit dans ses bottes et son ciré.

– J'ai fermé La Bolée, lâcha-t-il. Journée de deuil. Pas pu faire autrement. Mais crois-moi, cette histoire sent le lisier. Faudrait démêler tout ça. Pour l'honneur de la Bretagne.

Gérard opinait du bonnet, compatissant. L'autre continua.

– Tu m'avais parlé un jour d'un ami à toi, spécialiste en affaires louches. Ça s'rait bien si tu pouvais...

Gérard leva la main pour interrompre son ami. Il jeta un regard en coin à Gabriel, qui n'avait pas perdu une miette de la scène, ni de sa troisième tartine. Il se marra intérieurement, se leva et vint rejoindre les deux hommes. Il arrivait à l'épaule de Géant Vert. Gérard fit les présentations.

– Gabriel, je te présente Loïc Le Roch, ami de longue date, et confrère, patron de La Bolée du Trégor, à Montparnasse. Breton, comme tu l'auras deviné. Loïc, voici monsieur Lecouvreur, alias le Poulpe, le défenseur des causes perdues, l'homme providentiel, l'ultime recours, l'interventionniste humanitaire, le Rocambole du XXème...

– Ça va, ça va, coupa Gabriel agacé et amusé à

la fois. Enchanté, monsieur Le Roch. Je rajoute à la liste du patron : l'homme libre de ses choix, qui n'agit pas sur commande.

Regard appuyé vers Gérard. Qui lui refila aussi sec le *Ouest* et désigna la page toujours ouverte sur le meurtre du mercredi soir.

Sa lecture achevée, le Poulpe eut un haussement d'épaules. Qu'est ce qu'il en avait à foutre de cette histoire brumeuse ? Et puis le foot, bof. Ça lui avait valu de se faire virer du bahut en 1978, à cause de la Coupe du Monde en Argentine, alors… Pas de quoi grimper aux grillages. Le Roch remarqua le peu d'enthousiasme suscité par l'affaire.

– Ça n'a pas l'air d'émouvoir ton ami, dit-il à Gérard sans quitter Gabriel des yeux. Le sujet n'est peut-être pas suffisamment grave, ou la cause pas assez perdue ?

Le Roch avait mis assez d'ironie dans sa voix pour faire monter le Poulpe sur ses grands chevaux. Mais Gabriel ne tomba pas dans le panneau. Il sourit.

– Vu de loin, le monde du football me paraît suffisamment grave : payer sa place pour se retrouver au milieu d'excités, pour finir la gueule quadrillée par une grille de sécurité ou broyé sous une tribune genre Meccano, oui voilà qui est grave. Quant à l'argent qui circule dans ce milieu, sans compter celui qui pousse dans les jardins des joueurs, il n'est pas perdu pour tout le monde. Non, non : sujet grave, cause perdue, j'approuve. Mais pas dans le même sens que vous.

Le Breton ne trouva rien à redire, mal à l'aise.

– Voyons, Gabriel, s'exclama Gérard, tu mélanges

tout ! Ça ne te ressemble pas de faire la gamme pourtant.

– L'amalgame, corrigea le Poulpe.

– C'est pareil, joue pas sur les mots. Guingamp, tu sais, c'est une petite ville, même pas dix mille habitants. Le foot, là-bas, ça n'a rien à voir avec les clichés et magouilles que tu viens de décrire, c'est populaire. On va au stade en famille. On n'insulte jamais l'adversaire. Les supporters les plus fervents n'ont rien à voir avec les bestiaux du kop de Boulogne. C'est pour ça que mon ami ici présent est effondré. Ce meurtre, c'est un choc pour la ville.

Gabriel regarda Gérard avec des yeux ronds : d'où le patron du Pied de Porc à la Sainte-Scolasse tirait-il cette familiarité du public breton et cette science du ballon rond ? Il lisait *France Football* en cachette ou quoi ?

– J'aurais pas dit mieux, confirma Le Roch, ragaillardi. Pour nous, cet assassinat est une catastrophe. Et il reste inexplicable.

– La police mène l'enquête, non ? avança Lecouvreur.

– Bien sûr ! Et elle n'a pas traîné pour trouver la planque du tireur. Mais pour le reste, elle trouvera pas. Je suis sûr que c'est extra local... Peut-être qu'un enquêteur discret et motivé...

Gabriel prit cette prudente invitation pour lui et réfléchit un instant. Aller fourrer son nez chez les rois du spot pour Nike ne le branchait pas plus que ça. Tout cela restait affaire de gros sous malgré tout. Et puis il n'y connaissait pas grand-chose, du point de vue strictement sportif, vedettes du championnat, palmarès et tout. Même le nom du dernier champion de France lui échappait. Pourtant, un petit tour du côté de la Bretagne…

– Tout de même, Gérard, tu m'avais caché cet amour immodéré pour le football.

– Immodéré, n'exagère pas. Non, Loïc m'a emmené plusieurs fois voir En Avant, ça m'a bien plu, c'est tout. Et au Roudourou, on soutient les «rouge et noir» jusqu'à la dernière minute.

– En avant ? Le Roudourou ? Les rougets noirs ? Gabriel était largué.

– En Avant de Guingamp, c'est le nom du club, expliqua Le Roch. Le même depuis 1912. Roudourou, c'est le quartier qui donne son nom au stade. Et rouge et noir, ce sont les couleurs du club.

Devant tant d'érudition, Lecouvreur se tourna vers Maria, la patronne, silencieuse mais attentive depuis l'arrivée de Le Roch.

– Et toi, Maria, tu vas me dire que tous les samedis soir tu te maquilles aux couleurs de ton club préféré ?

– Non, mais je garde toujours un œil sur les résultats de Barcelone dans le championnat espagnol.

Décidément, Gabriel découvrait aujourd'hui une facette inattendue de la personnalité de ses amis. Des amateurs de football ! Même Maria ! Il n'oserait pas aborder le sujet avec Cheryl, elle serait capable de lui annoncer un faible pour Cantona. Devant sa mine ahurie, Maria poursuivit.

– Cette tendresse pour le Barça date de ma jeunesse. Je me rappellerai toute ma vie du cinq à zéro passé au Real Madrid en 1974. Pour nous c'était une claque à Franco et ça valait toutes les victoires politiques. Le foot, parfois, ça fait du bien.

Les trois tenanciers le fixaient à présent silencieusement, immobiles de part et d'autre du comptoir. Gabriel n'insista pas, il avait compris.

– Bon, d'accord, ronchonna-t-il. Va pour sauver l'honneur de la Bretagne. Mais comptez pas sur moi pour vous rapporter des ballons dédicacés.

Et il sortit, emportant avec lui ce murmure de Maria :

– Tu verras, il y a même des jours où c'est beau.

3
Carton rouge

– Ben... Ça m'est difficile de vous parler de ça, euh... Comme tous les gars de l'équipe, euh, je suis très choqué, euh, on se donne à fond, euh, on donne du plaisir aux gens et y a des détraqués qui gâchent la fête. Bon, euh, tu vois, ça fait un drôle d'effet... Euh... J'viens juste de marquer ce super but et puis, euh, juste après ce super moment de bonheur pour un attaquant y a ce putain de... Excusez-moi mais y'a pas d'autres mots quoi... Ce putain de truc... Ce pauvre Michael-Friedrich qu'est descendu quoi, vous voyez ce que je veux dire quoi... Une grande joie puis ce sang... Nous pensons tous très fort à sa famille.

Après tout, peut-être bien que Gabriel Lecouvreur était un type normal, un grand échantillon de la société masculine française. Bien au chaud sous sa couette, il laissait passer la dernière heure de la matinée devant *Téléfoot*. Avec ça, il pouvait s'attendre à voir débarquer une équipe de télévision coréenne spécialisée dans le documentaire animalier à la recherche d'un beau spécimen de mâle français. Mais au pays du matin calme, on n'avait pas à s'emballer : c'était la première fois de sa vie que le Poulpe regardait cette émission. Il voulait rattraper son retard en prépa-foot. Il aurait été plus avisé de louer quelques cassettes retraçant l'histoire du foot depuis la retraite de Pelé, seul joueur qui représentait quelque chose pour lui. Il avait un souvenir très net de la coupe du monde de 70. Aussi net que le pas d'Armstrong en 69, mais il s'était toujours demandé lequel des deux héros échappait le plus à la gravitation.

En fait, ce qui le clouait au lit, c'était la volonté. Celle de ne pas rester sur le banc de touche de cette affaire de foot. Il fallait s'informer. Être un joueur de champ.

* * *

La pause publicitaire laissa le temps à Gabriel de réajuster son oreiller puis de penser au match très amical qu'il avait livré avec Cheryl avant qu'elle sorte faire les petites courses pour leur brunch «unplugged». Sans grille-pain.

–...premier groupe français de pièces automobiles vous présente Téléfoot *!*

– Suite de Téléfoot *avec nos invités Claude Simonet, président de la Fédération française de football, et Noël Le Graët, président de la Ligue nationale de football mais aussi président d'honneur de l'En Avant de Guingamp et maire de cette même ville. Messieurs, on a tous vu ces images très éprouvantes, ouvrant l'une des pages les plus noires de l'histoire du football français et il n'est pas trop fort*

de parler d'un véritable traumatisme pour Guingamp et l'ensemble du monde sportif... Mais si vous permettez venons-en aux explications... Frédéric ? Vous nous proposez votre sondage ?

– Oui, Thierry, je propose à nos amis téléspectateurs de répondre par Minitel 36-15 code TF1, 2,23 francs la minute, aux questions qui s'affichent...

D'abord, pensez-vous que ce meurtre est l'action d'un détraqué, d'un germanophobe, si c'est plus clair pour vous, celle d'une personne qui s'en prend aux Allemands, d'un commando talibano-algérien, d'un complot contre le club de Guingamp et contre son président ou bien s'agit-il d'un règlement de compte personnel ? Quant à la deuxième question, elle est très simple : pensez-vous, oui ou non, que le meurtre de Michael-Friedrich va remettre en cause la tenue de la Coupe du Monde 1998 ? Je vous rappelle : 36-15 code TF1 puis tapez Téléfoot. Merci.

– Écoutez, monsieur Roland, je ne peux pas laisser passer cela. Vous m'obligez à me répéter avec votre manie de vouloir tout expliquer et...

– Les Français partagent mon envie de savoir...

– Sachez qu'au sein de notre club, nous n'en sommes pas au stade des analyses ou des explications. Que vous et les médias nous laissiez le temps de récupérer, de vivre avec la douleur. Ce n'est pas d'explications que nous avons le plus besoin mais de...

CLAC !

– Ouh ouh Gabrielou !

Cheryl entra dans la chambre, gracieuse, vive et en tenue de jogging ménager : de bonnes chaussures de sport pour faire la queue à la boulangerie, une polaire bien ample pour ne pas gêner le mouvement des bras quand il faut recevoir les services surpuissants des marchands de quatre-saisons et un collant de sport à trois bandes pour monter deux marches à la fois l'escalier de l'immeuble.

– Ben mon Poulpe, on n'est pas encore levé ! On attendait que sa cro-mignonne revienne de la chasse !

L'eurostar du porno-logis se creusa un tunnel entre les peluches roses et la couette. Entre ses cuisses, Gabriel sentit la tête chercheuse. Il augmenta le volume de la télé. Simonet venait prêter main-forte à Le Graët. Gabriel se sentait très aspiré mais regardait toujours *Téléfoot*. Oh, bien sûr, il laissa bien échapper un petit soupir de contentement, mais à aucun moment il ne jeta un regard à sa tête coiffeuse : Thierry Roland découvrit le plaisir sexuel dans les yeux de Gabriel Lecouvreur. Et ça aussi, Cheryl le découvrit. Et elle se mit dans une de ces colères. Que le Poulpe eût connu l'extase dans les yeux du curé de la paroisse de Sainte-Thérèse de l'Enfant Jésus de Bar-sur-Aube, qui était au programme du *Jour du Seigneur* sur *France 2*, n'aurait rien changé : il y a des choses qui ne se font pas, enfin si, mais pas comme ça.

– Je t'héberge, je te nourris, je te fais du plaisir, et monsieur préfère tripoter sa télécommande. Si tu t'entends aussi bien avec ta télé, t'as qu'à lui demander de faire les courses. Elle est bonne, au moins ? Putain, c'est pas vrai, ça, quand je vais raconter au salon que je suis cocufiée par la môme Thomson !

– Non mais, Cheryl, laisse-moi t'expliquer, c'était super important, c'était pour le boulot. Enfin tu vois, c'est sur le foot, alors donc faut que je suive *Téléfoot*.

Gabriel Lecouvreur avait connu de meilleurs moments de rhétorique. La rhétorique, c'est bien devant un comité de gentilles veuves de guerre, mais allez dire au cyclone Hugo que c'est vilain de dévaster les Antilles !

Le Poulpe ne regarda pas la suite de *Téléfoot*. Il était pourtant bien au calme. Il avait la télé et la télécommande, mais pas moyen de trouver une prise télé sur le palier de l'appartement. Voilà comment Gabriel Lecouvreur commença son raid sportif.

* * *

Le Poulpe n'avait plus envie de parler de foot. Son dimanche était déjà gâché. Avec Pedro, il pensait oublier. Il était sûr que les anars détestaient toutes les drogues collectives comme le foot. À l'oreille, Bakounine et Kropotkine fleuraient bon des noms d'ailiers russes fantasques et excellents techniciens et Stirner le libero peau de vache montant au corner pour cogner le ballon avec son immense front, mais il n'y avait que des consonances hasardeuses. Le Poulpe se rappelait le FFF de l'asservissement populaire que lui avait raconté un client du Pied de Porc à la Sainte-Scolasse, un syndicaliste portugais qui avait quitté son pays au temps de la dictature de Salazar. F pour Fatima, F pour fado et F pour football. Religion, tradition et foot, voilà des ballons de cuir dans lesquels il fallait shooter pour se sentir plus libre. Pedro avait toujours été un homme libre. Un homme de caractère. Il était imprimeur. Le Poulpe et lui étaient reliés par l'amour des disparus, des parents de Gabriel, et par l'amour qui lie une grande plante vivace à son tuteur.

Comme d'habitude, le Poulpe donna sa liste de commissions à Pedro. C'était un garçon bien élevé, pas loin de deux mètres, mais quand il rappliquait à l'atelier d'imprimerie, ce n'était jamais pour des berlingots ou des bêtises de Cambrai. Ses joujoux favoris, après Cheryl, c'étaient les armes et les faux papiers. Mais Pedro ne pouvait rien refuser au fils de son compagnon de maquis. Le Poulpe voulait une autre identité et devenir journaliste dans un hebdo sportif et tout ça sans consulter la conseillère d'orientation. Pedro lui ferait le travail. Le Poulpe n'avait pas fréquenté d'école de journalisme mais il se dit qu'à tout prendre c'était peut-être moins abscons que de faire dans le faux journaliste économique. Expliquer la politique du franc fort ou le coup franc dans les parties n'exigeaient pas les mêmes ressources conceptuelles. Et puis qui s'étonnerait de voir un journaliste de sport armé d'un flingue pour interroger des supporters enragés à la sortie d'un stade ?

Tout se termina par une discussion sur Aznar et par une chanson militante. Le Poulpe ne voulait pas traîner. Le match aller l'attendait en Bretagne.

4
Multiplex

Huit heures sept, Gabriel Lecouvreur, le Néo-Guingampais pose le pied gauche sur la moquette de la chambre. Il n'y a pas de mal : il n'a pas de mauvais pied. Contre-pied à la table de chevet et petit extérieur finaud en direction des toilettes.

Huit heures treize, le coup d'œil vif du stratège et

transversale vers la salle de bains. Le Poulpe n'est pas à domicile. C'est la maison Rians qui reçoit. Un couple de retraités qui fait gîte d'étape. Une bonne adresse de Loïc Le Roch. Chlac ! Chlac ! Le Poulpe, intraitable défenseur de la douceur de la peau, cisaille à tout va. Les poils n'ont pas le temps de se rétracter : civières et direction les vestiaires.

Huit heures vingt-neuf, Lecouvreur revient sur ses bases. Les Rians lui ont laissé la chambre de leur grand fiston parti grossir la troupe des fonctionnaires bretons qui font de Paris un gros Landerneau. Changement de maillot et nouveaux crampons. Cette enquête promet d'être très boueuse.

Huit heures trente-quatre, le Poulpe tente une incursion vers le rez-de-chaussée. Madame Rians fait obstacle au bas de l'escalier. Impossible de tenter un grand pont par les côtés. Seul l'ailier Rizla aurait pu faire l'affaire. La solution du petit pont est aussi abandonnée. Tenu par le maillot, il est conduit vers la cuisine. Fin du temps réglementaire. Pour les prolongations, ajoutez de l'eau dans la cafetière électrique.

* * *

– Qu'est-ce qu'il prend, le grand ?

C'est monsieur Rians qui causait. Il trônait au milieu de sa cuisine équipée telle une couverture du *Chasse-Marée*, les yeux clairs comme du sel de Guérande et le visage dessiné à coups de rame. Un seul de ses postillons vous aurait fait croire à de l'embrun.

– Pour moi, ce sera un grand café et un verre d'eau, si possible sans nitrate. Mon médecin m'a dit qu'avec les déjections de l'élevage porcin mon foie allait se prendre un coup dans le groin.

– Pas de chance, mon gars, ici, t'es en Côtes-d'Armor, la plus grande station thermale de France. Si tu veux lutter contre ces affections que sont la bonne santé et le teint frais, faut boire de notre bonne eau.

– Merci bien, mais je fais déjà une cure au pic de pollution…

– Ah ! Ah ! T'es pas un tocard, toi ! Loïc, il a le nez pour ça. T'as le droit de m'appeler Bodou. On dit que j'capte les signaux qui sentent mauvais et que j'flaire les trucs douteux, un genre de radôme qui te permet de garder les semelles propres.

– Votre femme vous a peut-être donné mon nom, comme vous n'étiez pas là hier au soir ; c'est Alain Le Corner. J'ai bien un survêtement dans mon sac mais pas de surnom. Si vous en assez de m'appeler mon grand, mon gars ou mon lapin, vous pourrez vous débrouiller avec Alain.

Quatre tartines plus tard, Bodou et son Poulpe sortirent de la maison. Du perron, il lui montra le paysage. Cette pente herbeuse n'aurait rien eu d'extraordinaire sans les pylônes qu'apercevait Gabriel. Ce n'était pas du style Renaissance ni même du style EDF mais du style télésiège.

– Tu vois, à Guingamp, on aime bien se démarquer. Qui aurait pu imaginer qu'on essaie d'implanter une station de ski en plein dans le Trégor ? Dans le coin, on a plus l'habitude de faire la piste du rouge que de dévaler en tortillant du fion. Bon d'accord, ça n'a pas marché longtemps. Les gens n'appréciaient pas trop la piste synthétique. Aux dernières nouvelles, il paraîtrait qu'elle a été scotchée sur un terril du Nord.

Le Poulpe ne saisit pas sa chance de faire une vanne sur la piste noire. L'heure matinale n'excusait pas tout et puis ce Bodou était sacrément bavard.

– Cette histoire de tire-fesses est p't'être maboule mais elle a une morale qui dirait qu'ici on aime les défis. La ville doit faire parler d'elle. Tu sais, c'est pas une grande ville mais on marche à la fierté. Y a des trucs qui nous tiennent à cœur. Tiens, prends notre Le Floch-Prigent, c'était le p'tit gars du pays qu'avait réussi et puis v'là qu'il a fait un tour à la case prison. Mais notre truc à tous dans le coin, c'est l'équipe de foot et ça aussi, on nous l'a saboté. Faudra le dire dans ton canard ! Faut pas chiper la fierté des gens ! Gast !

Bodou s'essuyait les yeux et ce n'était pas du sel qui coulait. Le Poulpe voulut lui mettre la main sur l'épaule mais en Bretagne, si on se serre la main entre hommes, on n'aime pas vraiment les accolades. Pour venir ici, Roger Hanin aurait grandement intérêt à laisser ses bras en dépôt à Paris. Bodou se reprit et accompagna le Poulpe jusqu'à sa voiture de location. Mû par une impulsion soudaine, le Breton ouvrit la portière côté passager et s'installa à la place du mort.

– C'est pas que je veuille m'imposer, mais tu me descendras bien au centre ?

Et sans même attendre de réponse, il recula son siège et mit sa ceinture, pendant que Gabriel, bon prince, démarrait.

– C'est pas que je veuille m'immiscer, mais à ta place je commencerais par interroger ce petit vieux qu'en a pris un coup sur la cafetière. Je te guide jusqu'à l'immeuble du crime si tu veux, ça t'évitera de tourner en rond dans le quartier du Roudourou. Moi j'vais faire une course et après on se retrouve au Bar des Sports. Un bon coin pour laisser traîner tes oreilles. Qu'est-ce que t'en dis ? Tiens, tourne là, on va faire un petit crochet, pour que tu te mettes le chemin en tête.

Devant tant de sollicitude, Gabriel hocha la tête de satisfaction. Après tout, il fallait bien commencer par un bout. Une petite visite au retraité estourbi pour s'échauffer, puis un passage au siège du club dans la foulée, voilà qui lui permettrait de se faire une première idée. Et si Rians voulait jouer les guides touristiques, pourquoi pas ? Le Poulpe aurait juste à prendre garde que son cornac ne devienne trop collant. Il signifia son accord à Bodou.

– O.K. pour l'immeuble du crime et le Bar des Sports. Mais entre-temps, il me faudrait rencontrer les dirigeants d'En Avant. Vous savez sûrement où est le siège ?

La 106 arrivait sur un large rond-point, un peu encombré. Gabriel glissa la petite voiture entre deux grosses cylindrées roulant au pas.

– Pas difficile, mon gars, expliqua Rians. À partir de maintenant, c'est toujours tout droit. Tu te débrouilles pour rejoindre le Mammouth, tu sors du parking par l'arrière et là, tu tombes sur une petite rue qui mène droit à la fac catho. Une fois là-bas, tu ne t'occupe pas des étudiantes mais plutôt de ce nouveau truc pour entreprises dynamiques, tu pourras pas le rater. «Guingamp émergence», qu'ils ont appelé ça. Le nouveau siège est là, dans des bâtiments rénovés de la vieille caserne. Un bel habit de verre et de béton, mais attention, pas la tour

Montparnasse, hein ? À Guingamp, tu vois, on a jamais vécu au-dessus de ses moyens. Tiens, tu prendras à droite au rond-point.

Gabriel se laissait orienter, prenait à peine garde aux directions, son œil accrochant juste un panneau signalant l'hypermarché préhistorique à deux minutes. En fait, il profitait du ralentissement du trafic pour découvrir la petite ville, qui ne manquait pas de charme. Un monumental bâtiment rose s'imposa à son regard. Bodou saisit une fois de plus l'occasion de parfaire la culture de son hôte.

– T'as vu ça ? La mairie. Mastoc, pas vrai ? C'est l'ancien Hôtel-Dieu. Il reste même un bout du cloître du monastère des augustines. P't'être que le maire y fait un petit tour avant les votes importants. Et tiens, là, t'as le Bar des Sports.

Le Poulpe repéra l'endroit avant de se décider à endosser son rôle de journaliste curieux et concerné. Il était en effet temps de vérifier l'état de ses connaissances.

– Le maire, c'est bien l'ancien président du club, non ?

Devant le silence prolongé de l'intarissable autochtone, Gabriel sut aussitôt qu'il avait dit une connerie. Sa question était indigne d'un reporter sportif. Un peu comme si un rédacteur du Michelin voulait savoir si les rillettes, c'était bien du Mans. Rians ne le rata pas.

– Pour un scoop, c'est un scoop ! Dis-moi, vous comptez en vendre beaucoup de votre magazine ? Évidemment, que Le Graët est maire de cette ville ! Impossible d'ailleurs de dire si son élection est liée à sa réussite professionnelle ou à ses anciennes fonctions au club… Mais sûr, c'est grâce à lui si En Avant est arrivé si haut !

Un feu rouge les stoppa à hauteur des grilles d'un petit parc agrémenté d'un kiosque à musique. De l'autre côté de la rue, en face, des silhouettes s'activaient derrière les nombreuses vitres d'un bâtiment moderne, tout en longueur. *« Kreizen sevenadurel »* put lire Gabriel sur une plaque incrustée dans la façade. L'équivalent français inscrit au-dessus lui parlait plus.

– *« Centre culturel »*, lut-il à haute voix. Et il y a de la place pour la culture, ici ?

– C'est vrai qu'à Guingamp, le foot, ça plaît pas à tout le monde, admit Rians avec une grimace. Tu vois, continua-t-il en désignant le centre, là-dedans, y a l'office du tourisme, les écoles de dessin et de musique, les échecs et même le bridge-club. Et surtout, on a une grande et belle bibliothèque ; certains trouvent qu'on devrait plus lui donner, et moins à En Avant. Et je te parle pas de l'agrandissement du stade ! Ceux qui n'y mettent jamais les pieds voient ça d'un mauvais œil. Pourtant, faut bien être aux normes, si on veut pas avoir un Furiani en Bretagne ! Déjà qu'on parle de nous dans les faits divers, avec ce meurtre…

Le Poulpe redémarra, pendant que Bodou continuait à ruminer de sombres pensées.

– Tout ça, ça fait des clans, des camps qui s'opposent, reprit-il. C'est un peu bête, il y a de la place pour tout et pour tous ici… Tiens, on arrive presque, tourne à droite là, on passe à côté du stade, cent mètres et on y est.

Quelques minutes plus tard, la 106 pénétrait dans

une cité HLM. Gabriel suivit une fois encore les instructions de Bodou et se gara devant un immeuble à cinq étages.

– C'est ici, murmura Rians, soudainement moins volubile. Au 52, dernier étage. Robert Le Men.

Les deux hommes descendirent. Le Breton jeta un regard furtif au bâtiment et revissa fermement sa casquette sur son crâne.

– Bon, j'te laisse faire, mon gars. Je file au Mammouth, et on se retrouve tout à l'heure au Bar des Sports. Tu m'raconteras.

Le Poulpe remercia vaguement Rians et le regarda s'éloigner. Gentil, mais un peu saoulant, pensa-t-il. Puis il se dirigea vers le 52, avec l'espoir de tomber sur un interlocuteur aussi loquace.

* * *

– Je ne veux pas vous parler ! Je n'ai rien à dire ! J'ai déjà tout dit à *France 3* !

De l'autre côté de la porte, la voix éraillée d'un vieil homme parvenait aux oreilles de Lecouvreur, qui avait toute les peines du monde à se faire admettre chez le retraité.

– Mais puisque je vous dis que je ne suis pas de la télé, répéta Gabriel. Je n'ai même pas d'appareil photo avec moi. Vous n'avez rien à craindre pour votre vie privée. Je veux juste vous poser deux ou trois questions. Sans être obligé de hurler derrière cette porte.

– Pourquoi répondrais-je à vos questions ? Et puis qu'est-ce qui me prouve que vous êtes journaliste ? Je trouve surtout que vous ressemblez à mon agresseur.

Le Poulpe ignora cette dernière remarque, pourtant intéressante, et revint à la charge.

– Écoutez, entre Bretons, faut bien s'aider. Mon journal a beau être à Paris, je me suis aussitôt porté volontaire pour élucider cette affaire. Tenez, je glisse ma carte de presse sous votre porte, vous allez comprendre.

Ce fut comme si un sésame ouvre-toi avait été prononcé : Gabriel se trouva soudainement face à Robert Le Men, soixante-treize ans, horticulteur en retraite, en convalescence et enchanté désormais de venir en aide à un compatriote. Le Poulpe se promit de boire une bière à la santé de Pedro, au flair infaillible pour ce qui était de trouver des couvertures couleur locale. Même si, ce coup-là, il avait un peu forcé la dose question second degré.

– Monsieur Alain Le Corner ? Avec un nom pareil, je ne vois pas effectivement ce qui aurait pu vous empêcher de franchir le seuil de mon modeste appartement. Entrez donc, jeune homme.

Le Men, sérieusement radouci, s'effaça pour laisser entrer Gabriel. Celui-ci avança jusqu'au centre d'un petit salon croulant sous les plantes vertes. À part une série de cactus et deux pots de fougères, il se rendit compte de son incapacité à mettre un nom sur toutes les autres. Ce manque de culture ne l'empêchait pas d'apprécier ce mini Jardin des plantes… et de remarquer des traînées noirâtres près de la porte-fenêtre donnant sur le balcon. Le Men s'en rendit compte.

– Votre silence est éloquent, annonça-t-il de sa voix rauque. Il est clair que, comme moi, vous avez un goût prononcé pour les belles plantes…

Le Poulpe pensa immédiatement à Cheryl mais s'abstint de tout commentaire malvenu et laissa Le Men poursuivre.

– Quant à ces taches, elles ont été laissées par mon visiteur d'un soir. Quelqu'un de bien peu soigneux, vous en conviendrez.

Gabriel en convenait, tout comme il était d'accord pour enfin entrer dans le vif du sujet. Il sortit un crayon et un carnet de sa poche, et se laissa tomber sur le canapé vert pomme.

– Si vous me résumiez le pénible épisode de mercredi dernier ?

– Soit. J'étais donc résolu à passer la soirée avec un bon bouquin, car autant vous le dire tout de suite, je ne suis guère amateur de football et je n'ai pas pour habitude, malgré cette vue imprenable sur le stade, de m'installer avec mon fauteuil sur le balcon. Surtout quand il pleut. Je laisse ce courage aux inconditionnels. Bref, je venais à peine d'entamer mon livre que l'on frappe à ma porte. Agacé, je vais voir qui peut bien venir m'importuner à pareille heure…

– C'est-à-dire ? Je veux dire, à quelle heure ?

– Oh, eh bien, il était vingt heures passées de quelques minutes, je venais juste d'entendre le générique du journal télévisé à l'appartement du dessous. Donc, je jette un coup d'œil par l'espion et reconnais la tenue d'un technicien EDF/GDF. Surpris, j'ouvre et questionne l'homme sur sa présence. Il m'affirme avoir été appelé en urgence par la Ville pour un problème de fuite de gaz détectée dans notre quartier, avec obligation pour lui de vérifier l'état de nos conduites et de nos tuyaux. Je ne me suis pas méfié outre mesure. Alors que je le conduisais vers la cuisine, j'ai ressenti une douleur intense au sommet du crâne et j'ai perdu connaissance. Lorsque je suis revenu à moi, j'étais allongé dans ma baignoire, ligoté et bâillonné. C'est ainsi que m'a retrouvé la police le lendemain matin.

– Vous avez eu le temps de voir votre agresseur j'imagine.

– Oh, à peine ! Mais c'est amusant, comme je vous le disais tout à l'heure, il vous ressemble un peu. Plutôt beau garçon, grand, les cheveux frisés. Peut-être un peu plus costaud. Quoique je n'ai pas eu le privilège de tester votre force de frappe…

La conversation déviait et prenait une autre dimension. L'aimable jardinier d'appartement se muait en un amateur de coups en tous genres. La main verte risquait de se faire baladeuse. Le Poulpe, ne se sentant pas d'humeur gérontophile, s'arracha du canapé où Le Men venait de le rejoindre et se dirigea prestement vers la porte-fenêtre.

– Je peux jeter un œil ? s'enquit-il poliment.

– Bien sûr. Mais faites attention, la poignée est un peu dure : ne renversez pas mon vieux poilu des Andes, j'ai eu un mal fou à le rempoter.

Gabriel prit grand soin de ne pas contrarier Le Men, d'autant que les poils du vieux en question semblaient furieusement acérés. Il tira doucement les battants vers lui. Le gazier qui l'avait précédé ne s'était sûrement pas embarrassé d'autant de précautions, ce qui expliquait les traces sur la moquette. Une fois sur le balcon, Lecouvreur put apprécier la vue : des arbres sur sa gauche et le stade sur sa droite. Le rectangle vert se découpait nettement, et une grande partie des tribunes étaient visibles. Un bon tireur pouvait faire carton plein tous les jours. Le handicap ici provenait des voisins : pour ne pas attirer leur attention, le tueur s'était sûrement posté à l'intérieur de l'appartement, porte-fenêtre ouverte. Les fesses dangereusement près du vieux poilu des Andes.

– C'est tout de même sacrément osé vous ne trouvez pas ?

Le retraité avait gagné le balcon à son tour et contemplait le stade.

– Sûr que d'ici, c'est un peu loin, admit le Poulpe. Mais un homme habile et entraîné, avec le matériel adéquat…

– Je voulais parler de l'imposture, précisa Le Men. Ternir ainsi sans vergogne l'image d'une honnête profession…

– Euh, oui. Justement, rien ne vous a choqué dans le comportement de cet usurpateur ?

– Si, l'heure tardive de son intervention, et le coup sur la tête, que je n'ai lu nulle part dans les engagements EDF. Sans compter un manque d'éducation évident.

– Vous voulez parler des plantes renversées ?

– Je veux surtout parler du chapelet d'insanités débitées par mon visiteur indélicat. Jamais encore je n'avais entendu jurer comme ça. D'ailleurs, c'est à cause de cela que je suis sorti de ma torpeur.

– Quelles genres d'insanités ?

– Oh, d'affreux mélanges d'insultes racistes, de jurons anticléricaux et de gros mots traditionnels. «Bordel de pute à queue» revenait souvent, et curieusement il a été plusieurs fois question d'une «putain de tignasse de merde». Étonnant, non ?

Gabriel hocha la tête, fit mine de consigner ces renseignements capitaux sur son calepin et consulta sa montre. Presque midi. Il fallait faire fissa pour le siège. Il remballa son matériel de pro, et les deux hommes réintégrèrent le salon. Le Men lui proposa de prendre une petite bière, mais Gabriel refusa, ce qui lui arrivait rarement, et, il faut bien le dire lui en coûtait quelque peu. Le frigo d'un homme si raffiné renfermait sûrement autre chose que de la Valstar. Le Poulpe remercia poliment son interlocuteur et lui promit de le tenir au courant de ses investigations. Puis il prit congé, un étrange sentiment de soulagement s'emparant de lui dès que la porte se referma dans son dos. De l'autre côté Robert soupirait. Deux beaux garçons en moins d'une semaine. Un rustre et un malpoli. Quelle infortune !

***

En cinq minutes, Gabriel réussit à faire deux choses : trouver sans coup férir le siège du club et tirer les conclusions qui s'imposaient sur sa rencontre avec son cactusomane. Celles-ci n'allaient pas bien loin : la description d'un sosie grossier, tel était l'indice donné par le témoin numéro un de l'affaire. Même Pradel aurait trouvé ça maigrelet.

Le Poulpe se gara sur le parking faisant face au nouveau quartier général de la plus petite équipe de première division. Enfin, la plus petite par la taille de sa ville, car les Bretons étaient plutôt du genre coriace sur le terrain. C'est du moins ce que Gabriel avait retenu d'un article de *l'Équipe* sur le trio Nantes-Rennes-Guingamp. Et tout en s'extirpant de la Peugeot, il essayait de se souvenir du reste de la fine analyse du journaliste : comme il allait rencontrer des pros, il s'agissait de ne pas commettre d'impair.

En s'approchant du bâtiment, Gabriel put constater que Rians n'avait pas menti : le siège du club reflétait son esprit écureuil. Pas d'«En Avant de Guingamp» en gros sur les grandes vitres masquant les murs de l'ancien baraquement militaire, juste ce sobre «Guingamp émergence» se détachant audessus d'un logo tout en carrés stylisés sur la façade de béton convexe. Avançant encore, le Poulpe finit par repérer le nom de l'équipe sur une pancarte, en tête de liste d'une dizaine d'autres sociétés, et même d'un «Élus formation» qui l'amusa un peu. Il rigola moins devant le digicode bloquant l'ouverture de la porte, mais il n'eut pas le temps de tripoter les boutons au pif : la porte s'ouvrit sous son nez, poussée de l'intérieur par une jeune femme aux cheveux courts.

Silhouette mince et gracieuse, elle s'arrêta devant lui avec un sourire. Le Poulpe le lui rendit, ravi de changer de catégorie socioprofessionnelle. Pour les inactifs du troisième âge, il avait déjà donné.

– Alain Le Corner, journaliste-stagiaire à *Contre-pied*, commença-t-il. Excusez-moi, mais…

– Aline Cristal, secrétaire intérimaire à la SAEMS En Avant de Guingamp, le coupa la jeune femme. Vous êtes reporter ? Vous venez sûrement pour le meurtre ?

– Eh bien ! J'aurais du mal à prétendre le contraire. Mais on peut dire que vous allez droit au but !

– Ah, ah, la devise de l'OM. Je reconnais là le grand professionnel.

Gabriel acquiesça en silence, un petit sourire de satisfaction sur les lèvres. Sa couverture tenait le choc. Même les secrétaires intérimaires n'y voyaient que du feu. Il voulut profiter de ce coup de bol en interrogeant la belle Aline, mais celle-ci reprit aussitôt :

– Pas la peine de vous fatiguer, tout le monde est parti en fin de matinée pour la Bavière.

– Pour une fête de la bière dont se serait bien passé ce brave Schumacher... plaisanta le Poulpe.

Petit silence, que Gabriel brisa en bafouillant.

– Euh, excusez-moi, je vous choque. Ce ne doit pas être drôle du tout, cela.

– Bof. Moi, vous savez, je ne l'avais jamais vu, l'Allemand. Je suis juste là depuis ce matin et j'ai passé mon temps à répondre aux coups de fil des télés, des radios et des journaux, alors...

– Tout le monde voudrait savoir.

– Oui, mais à En Avant, on n'en sait pas plus qu'ailleurs. Alors, comme je vous disais tout à l'heure, pas la peine de vous fatiguer. Et de toute façon, il n'y a plus personne. Mais bon, je peux toujours vous donner le communiqué de presse de la présidence, vous ne serez pas venu pour rien.

– Merci bien.

– De rien, vous avez une bonne tête.

Gabriel faillit lui répondre qu'elle aussi, mais il la laissa farfouiller dans son sac en se contentant d'admirer la naissance de son cou et de respirer son parfum.

– Tenez, si ça peut vous aider.

– Merci bien, fit le Poulpe décidément à court de vocabulaire.

– Bon, je vous laisse, mon fils va encore me traiter de mère indigne.

Et elle s'éloigna, son doux visage s'effaçant avant même que Gabriel n'ait eu le temps de crier Aline.

***

Tout au bout du zinc, Bodou faisait de grands moulinets avec ses bras pour attirer l'attention de Lecouvreur. Gabriel se fraya un chemin à coups de coude dans la foule compacte massée pour l'apéro. Il finit par rejoindre Rians, au prix de quelques pardons pour les orteils écrasés. Le Breton avait réussi à lui sauver un tabouret défoncé, sur lequel Gabriel se hissa sans peine. Une seconde plus tard, une pinte de brune arriva sous son nez, déposée avec célérité par un serveur rougeaud.

– Coreff ! tonna fièrement Bodou en guise d'explication. Tu ne pouvais pas partir sans avoir trempé tes lèvres dans notre bière à nous, non ?

Le Poulpe, ignorant l'existence de ce breuvage local, ne voulut pas passer pour un rustre et fit passer une ou deux gorgées de la spécialité morlaisienne au fond de son gosier. Étrange. Il reposa son verre sans savoir s'il aimait ou non.

– Particulier, commenta-t-il, évitant de trop s'avancer.

– Moi j'aime bien, fit simplement Bodou. D'ailleurs, j'aime tout, comme ça, j'suis jamais déçu quand on me paye le coup.

Devant le verre vide du Guingampais, Gabriel saisit l'allusion. Il fit remettre la même chose à Bodou, ravi, et récupéra au fond de sa poche le communiqué de presse du siège. Son contenu était on ne peut plus laconique.

« Devant les événements extra-sportifs qui le touchent durement, le club ne souhaite faire aucune déclaration qui pourrait nuire à l'avancement de l'enquête. »

Le Poulpe soupira. Tout cela était bien laborieux. Une désagréable sensation de torpeur le rongeait depuis un petit bout de temps. Il avait l'impression de suivre cette enquête en spectateur. Rians lui fit changer de bobine en lui assénant une grande claque dans le dos.

– Ben mon gars ! Faut s'reprendre ! Faut qu'tu nous montres c'qu'un caïd de la presse parisienne peut faire. T'as bien appris deux-trois trucs depuis ton arrivée, non ?

Gabriel lui résuma l'expérience Le Men, et lui tendit le communiqué de presse.

– Vous voyez bien que tout cela n'atteint pas les sommets de l'affaire VA/OM, fit-il remarquer à Bodou une fois que celui-ci eut achevé sa lecture.

– C'est pas une raison pour se laisser abattre !

– Ça, c'est pas Schumacher qui vous aurait contredit…

Bodou bougonna dans sa bière, et se tourna vers la salle. Après quelques secondes de rêverie solitaire, il attrapa Gabriel par le coude et lui désigna un jeune attablé sous un poste de téléviseur surélevé.

– Tiens, j'vais t'remettre sur les rails, moi ! Tu vois ce jeunot là-bas ?

– Celui avec le turban sur la tête ?

Le Poulpe faisait allusion à l'énorme pansement qui enserrait le crâne de l'inconnu.

– Oui. Eh ben, c'est Julien, le leader du kop rouge. Un p'tit gars réglo, tout dévoué à En Avant. D'habitude, on le trouve plutôt avec ses potes au troquet près de la boutique du club, mais en ce moment, c'est fermé. Va donc le voir, il est toujours au courant des dernières nouvelles.

Gabriel se leva péniblement, avec une langueur que la Coreff n'avait pas réussi à entamer. Plus pour faire plaisir à Rians que par réelle motivation, il déplaça sa grande carcasse vers le supporter numéro un des «rouge et noir». Le dénommé Julien leva la tête de son *France Football* et observa en silence ce grand escogriffe s'installer en face de lui.

– Je peux ? demanda simplement Lecouvreur.

Le jeune homme répondit par un hochement de tête, toujours silencieux, et reprit la lecture de son *France Foot*, ouvert à la page des résultats et chiffres en tous genres. Les footeux raffolent des statistiques. Gabriel en profita pour engager la conversation sur ce sujet, qu'il avait potassé.

– Les notes sont bonnes ?

Il évoquait les notes données par le journal à chacun des joueurs en guise d'appréciation technique. De 0 (match lamentable) à 6 (match du siècle, un ou deux par carrière), les professeurs-reporters notaient les élèves-joueurs. Pratique qui le faisait doucement marrer : ces derniers étaient sûrement plus motivés par la grosseur de leur prime de match que par les bons points distribués par les premiers. Le jeune Guingampais ne semblait pas dupe.

– Mmouais. C'est un peu de la connerie de toute manière. Guéguen, Fell et Faucher qui se ramassent un petit 3, malgré un match héroïque au milieu de terrain, Kabalo un minable 2, avec tout le travail de sape qu'il abat sur le flanc gauche de l'attaque marseillaise, et Rozet, qui sauve l'équipe à trois reprises a tout juste droit à un 4. Alors… Non, l'essentiel, c'est vraiment la qualif'. Faut dire que dans les tribunes, on a assuré ! C'était un peu chaud, les Ultras de l'OM avaient envoyé une bonne délégation.

– D'où ce magnifique pansement, j'imagine…

Julien lança à Gabriel un regard plein de mépris.

– Vous vous trompez, monsieur. Je voulais juste dire qu'il a fallu chanter plus fort que d'habitude pour encourager les nôtres. Si vous étiez d'ici, vous sauriez de quoi je parle…

Et pan sur le tentacule ! Le Poulpe avait encore des progrès à faire pour devenir le Salviac du ballon rond. Il en profita pour dévoiler ses batteries. Ce supporter de base semblait intelligent et perspicace, à mille lieues de l'image toute faite du mâle vociférant entre deux rots. Et si Rians ne se trompait pas, il lui permettrait peut-être de démarrer véritablement son enquête.

– Pardonnez ma méprise. Alain Le Corner, reporter. À la rédaction parisienne de *Contrepied*, nous sommes encore trop souvent habitués aux affrontements dans les tribunes.

– Vous êtes journaliste ? Vous auriez dû passer le match avec nous, votre vision des kops en aurait pris un coup. Je suis Julien Roussillon, leader du kop d'En Avant. Le kop rouge.

Ces derniers mots, prononcés avec une fierté un peu ridicule aux yeux de Gabriel faillirent le faire sourire. Il prit garde cependant de ne pas froisser son interlocuteur une seconde fois et c'est le plus professionnellement du monde qu'il poursuivit.

– Cette bosse est donc sans rapport avec le match de mercredi dernier.

– Si. Mais ce n'est pas une bosse, et les Marseillais n'y sont pour rien. C'est un souvenir de la balle qui a tué Schumacher.

Lecouvreur demeura un instant interdit. Un picotement à la base du cou, sensation bien connue du Bob Morane de son enfance, le fit frissonner. Le début du commencement d'une hypothétique piste s'offrait-il enfin à lui ? Devant son mutisme, le leader du kop s'étonna.

– Ne me dites pas que vous ignorez ce qui s'est passé à la fin du match ?

– Non seulement je ne l'ignore pas, mais c'est de plus la raison principale de ma présence à Guingamp. *Contrepied* a décidé de s'intéresser à tous les à-côtés du foot, même les moins glorieux.

– Pour une fois de plus pointer un doigt accusateur sur les supporters…

– Non. Pas pour accuser, mais pour défendre. Le sport avant l'argent, le fair-play avant l'insulte, le dribble élégant avant le tacle assassin, bref le jeu avant l'enjeu. Prendre systématiquement le contrepied des sales habitudes prises par ce sport et perdurant sur trop de terrains. C'est l'esprit de notre journal.

Gabriel était fier de sa tirade, pour un peu, il se serait presque convaincu lui-même.

– Bref, vous êtes plus tendance Le Graët que tendance Tapie, compléta Julien, aux anges.

– On peut dire ça, confirma le Poulpe sans se mouiller davantage.

Il se rappelait la farouche rivalité opposant les deux hommes lorsque le Breton avait mis en place un contrôle de la gestion des clubs pros. L'un avait fini maire, l'autre aux oubliettes, mais pour la distribution des rôles, il y avait eu comme une inversion. Le *golden boy* des *eighties* vaincu par le Breton teigneux.

– Vous seriez pas un ancien de *Guadalajara*, par hasard ?

Gabriel fut surpris de voir surgir ce nom au beau milieu d'une conversation footballistique. D'accord, il n'avait plus vingt ans, mais de là à le prendre pour un vétéran de la guerre civile espagnole... Devant son incompréhension manifeste, Julien s'étonna.

– Guadalajara, 21 juin 1986, France-Brésil, ça vous dit rien ?

– Euh, si, bien sûr. Un quart de finale de la Coupe du Monde au Mexique, souffla Gabriel repêchant juste à temps l'info au fin fond de sa mémoire. C'était le jour de la Fête de la musique et au Pied de Porc, Gérard refusait les groupes pour pouvoir suivre tranquillement le match...

– LE quart de finale de cette coupe, un match entré dans l'Histoire ! *Guadalajara*, c'était aussi le nom d'un magazine sur le foot, beaucoup plus marrant que les autres, fait par quatre mecs de Niort. Des impertinents, qui n'hésitaient pas à corriger les notes de *l'Équipe*, ou à mettre Carole Bouquet en couverture... Ils ont coulé avec le numéro 13, faute d'argent. Dommage, mais vous pourriez prendre la relève, si je comprends bien...

– Peut-être, si tu m'en dis un peu plus sur ta blessure.

Gabriel était passé au tutoiement, plus intime

pour favoriser les confidences. Julien ne s'offusqua pas, au contraire plutôt fier d'être écouté par un journaliste parisien.

– Au début, j'ai pensé que c'était une cannette. Mais la douleur ne ressemblait pas à celle d'un coup, plutôt une brûlure. Et puis avec le service d'ordre musclé de l'entrée, impossible de passer un projectile plus dangereux qu'une galette-saucisse, alors… J'ai commencé à paniquer quand le sang s'est mis à me pisser sur le coin de l'œil, sans compter que ça m'élançait sérieusement. C'est à ce moment que je suis descendu de mon perchoir.

– Ton perchoir ?

– Ben ouais, la grille, quoi. Vous n'avez jamais mis les pieds ailleurs qu'au Parc, ma parole ! Tous les leaders dignes de ce nom passent le match dos à la pelouse, en haut de la grille de protection, droit vers leurs troupes, pour mieux les motiver. Technique de base.

– Donc tu descends. Et après ?

– Après ? Comme je commençais à moitié à tomber dans les vapes, deux potes me conduisent vers les pompiers, qui m'amènent direct à l'hosto quand ils voient la blessure. J'ai essayé de gueuler un peu, je ratais la fête avec les joueurs. Mais bon, un bout de cuir chevelu en moins, ça sonne, on résiste pas trop longtemps à l'idée de se faire dorloter par une infirmière. Et puis ce soir-là, j'ai pas longtemps moisi tout seul : Kabalo, notre arrière, m'a rejoint. Lui, il avait une longue estafilade à la joue. On a discuté un peu, on se connaît bien. Il m'a dit s'être pris un coup de crampon en fin de partie, sur une tête plongeante. J'ai trouvé ça étrange. Bizarre aussi la manière dont je m'étais amoché, comme ça, tout seul, sans bouger d'un poil. Et personne à l'hosto pour me croire. C'est quand un pote m'a appris la mort de Schumacher, par balle, que j'ai compris. Avant même que la police n'élucide les circonstances du meurtre.

– Toi et Kabalo vous êtes retrouvés droit dans la trajectoire de la balle…

– Exactement. Balle qui aurait pu s'arrêter à l'un de nous deux…

Ces derniers mots laissèrent Gabriel songeur. Calme en apparence. Mais à l'intérieur, c'était le branle-bas de combat. L'adrénaline revenait, les neurones se réchauffaient à vitesse grand V et les fourmis réapparaissaient le long de ses grandes jambes : pas de doute, la machine poulpienne se remettait en branle.

– Question classique : tu ne te connais pas d'ennemi ?

– Assez motivé et cinglé pour me faire la peau ? Non. Des jaloux, parce que je paye pas toujours ma place, des râleurs, parce que mon mégaphone est parfois mal réglé, ça oui, mais ça s'arrête là.

– Et Kabalo ?

– Marcel ? La crème des joueurs. Un mec simple, pas frimeur pour deux sous, toujours prêt à signer des autographes aux gosses. Et une sacrée santé. Vous l'auriez vu contre l'OM…

– Pourtant tu trouvais étrange l'estafilade au visage.

– Pas la blessure, l'explication : un coup de crampon, ça laisse pas ce genre de trace. J'vois pas pourquoi Marcel a été inventer un truc pareil.

– Il a répété la même chose à la police ?

– J'en sais rien. En tout cas, moi, c'est à peine s'ils m'ont écouté. Lui, peut-être un peu plus. Le mieux, ce serait de lui poser la question.

Gabriel ressortit son calepin et demanda l'adresse de Kabalo à Julien, qui la lui donna sans rechigner. En échange, le jeune lui fit promettre de le tenir au courant, et de lui envoyer son article sur cette sale histoire. Gabriel promit, ça ne lui coûtait rien, sinon un peu de remords, mais c'était chaque fois la même chose avec cette fausse identité de journaliste. Gagner la confiance des gens et ne plus jamais donner signe de vie. Il ne s'y ferait sans doute jamais, mais c'était comme ça…

– Et Schumacher ? Tu aurais une explication ?

– Mmouais. J'suis pas bien sûr, mais il y aurait peut être quelque chose, quand on réfléchit un peu. Et qu'on connaît assez bien le club…

– Justement, je connais assez mal, avoua le Poulpe. Éclaire un peu ma lanterne.

– Voilà. Vous connaissez comme moi la situation sportive d'En Avant. La Coupe de France, O.K., c'est bien parti, mais côté championnat…

Gabriel hocha la tête gravement, la mine contrite. Il était pourtant bien infoutu de se rappeler la place de l'équipe en championnat.

– Seizième ! s'exclama Julien. Encore deux matchs ratés et on est bons pour la descente.

– Et le rapport avec Schumacher ?

– Justement ! La rumeur courait ces derniers temps qu'il était sur le point de remplacer Mareski, l'entraîneur actuel…

– Et on l'aurait descendu pour ça ? s'étonna Gabriel.

– Mareski, ici, c'est une idole. Un indéboulonnable, une sorte de Guy Roux local, la pub pour le gazon en moins. Son départ sera très difficile s'il ne le décide pas lui-même.

– Tout de même, ça me paraît un peu gros, insista le Poulpe. L'équipe va peut-être descendre, l'entraîneur vedette va peut-être devoir céder sa place, qu'un stagiaire présent depuis une semaine va peut-être lui piquer. Ça fait beaucoup de conditionnel, tu trouves pas ?

– Peut-être, mais c'est la seule explication que je vois. Vous pensiez à autre chose, vous ?

– Non. Rien pour l'instant. Mais alors, le commanditaire, l'exécuteur ? Des gens du club ? Des amis de Mareski ?

Julien Roussillon eut un haussement d'épaules.

– N'importe qui ! Je vous le dis, Mareski, ici, c'est une gloire locale. Quelqu'un n'a pas supporté l'idée même de le voir s'en aller et a commis ce crime. C'est comme ça que je vois les choses. Mais je fais peut-être fausse route…

Gabriel n'ajouta rien. Il ne voulait pas vexer le leader du kop, mais il trouvait sa théorie un peu simpliste. Il en inscrivit malgré tout les grandes lignes dans son carnet, histoire de donner le change. Il se leva soudainement, remercia Roussillon et lui serra la main. Puis il s'en alla rejoindre Rians au bar. Celui-ci voulut évidemment tout de suite savoir.

– Alors ?

– Pas grand-chose, fit Gabriel, évasif. D'après ce jeune homme, la rumeur aurait eu raison de Schumacher.

– La rumeur ? Comment ça ?

– Eh bien… commença Gabriel

– Houlà ! l'interrompit Bodou, presque paniqué. T'as vu la pendule ? La patronne va pas être contente si on se pointe à l'heure du dessert. Allez, on file, tu me raconteras ça en chemin.

Et Rians fonça vers la sortie, comme si le ciel allait lui tomber la tête. La colère d'une Bretonne, ça doit vraiment être terrible, se dit Gabriel en rigolant. Ce qui ne l'empêcha pas d'emboîter aussitôt le pas à son hôte. Valait mieux être prudent.

5
Grand pont

– Écoute, Gromy, arrête de passer comme ça devant la lumière. Tu m'fais de l'ombre et tu me donnes le tournis. J'peux pas lire tranquille.

– Ta gueule, grosse larve. Fous-moi la paix avec tes BD de gniards et laisse-moi réfléchir.

Scène de ménage chez les têtes de peau. Le grand costaud à l'air nerveux avait remis le petit mollasson grassouillet à sa place. Le chef avait parlé au sbire. Bruno Gromezky, alias Gromy, avait maté la rébellion de Jean-Albert de Mansart, dit Crapo. Laurel et Hardy à l'hôtel, un épisode skinédit, avec un duo de comiques nettement moins marrant que l'original.

Crapo obtempéra en grognant. C'était tout de même pas sa faute à lui si Gromy avait décalqué le mauvais mec ! Le skin adipeux s'encastra un peu plus dans son fauteuil et se replongea dans son *Titans*. Hulk foutait la peignée à Docteur Strange avec ses grosses mains vertes, mais ne savait pas que celui-ci se laissait faire pendant quelques pages avant l'arrivée des renforts, en l'occurrence Miss Pectoris, une nouvelle super-héroïne aux nibars impressionnants, moulée dans une espèce de maillot de bain une pièce rose fluo frappé d'un grand MP sur le bide. Woaw ! Crapo riait sournoisement sous cape, car il savait que le vent allait tourner et que le pauvre Hulk se retrouverait bientôt la tête coincée entre les deux cuisses puissantes de Miss Pectoris. Position avantageuse et si bien dessinée que Crapo en avait les mains qui tremblaient chaque fois qu'il relisait ce passage. Mais le skin n'en était pas encore là et savourait la 312ème lecture de son livre préféré.

Gromezky, lui, continuait de tourner en rond dans la petite chambre d'hôtel, plongé dans un tourbillon de pensées confuses et contradictoires. L'Allemand, le brouillard, les flics, le silence radio des Parisiens, le fric, la suite de l'opération… Tout s'embrouillait dans la tête du tueur.

– J'ai merdé, bordel ! O.K., j'ai merdé. Mais c'est pas une raison pour que ce connard me fasse mariner comme ça !

Crapo releva la tête de sa BD et fronça les sourcils. Miss Pectoris arrivait juste sur les lieux de la bataille. Ça allait chier des bulles. Le skin voulut demander à son chef de réfléchir en silence mais n'eut même pas le temps d'ouvrir la bouche. Le téléphone sonna. Gromezky décrocha aussitôt, tandis que Crapo enfonçait la touche haut-parleur de son index boudiné.

– Gromezky ?

– Nom de Dieu, qu'est-ce que vous foutiez ?

– Il me semble que c'est à nous de poser des questions, monsieur Gromezky.

– O.K., tout a été de travers, mais j'aurais bien voulu vous y voir…

– On vous paye assez cher justement pour ne pas être à votre place. Et puis, c'est vous qui vouliez passer à l'action, et avez vanté vos mérites de tireur hors pair. Nous constatons que votre raté remet en cause le démarrage de l'opération…

– Et c'est pour ça qu'on est train de moisir ici ? Vous deviez nous rappeler le soir même, pas quatre jours après !

– Vu la tournure prise par les événements, nous avons préféré attendre que les choses se tassent un peu. Sans compter que vous n'avez pas revendiqué le geste comme prévu. Encore un manquement à vos obligations.

– Évidemment ! Vous êtes con ou vous le faites exprès ? Je n'allais pas signer le meurtre de Schumacher avec notre tract, ça n'avait pas de sens ! Vous savez très bien qui le FAF a choisi d'éliminer…

– Ne le prenez pas de si haut, Gromezky. C'est grâce à nous que votre projet peut se réaliser. Parce qu'il nous plaît, et que nous avons décidé de vous en donner les moyens, alors ne…

– Ça va, ça va, j'ai compris. Et maintenant, on fait quoi ?

– Vous finissez le boulot. Vous avez de quoi noter ?

– J'aime mieux retenir, allez-y.

– 15, rue des Acacias. Notre ennemi commun y sera à treize heures. Ne traînez pas. Et ne le ratez pas, cette fois. Et n'oubliez pas le tract. Le Grand Nettoyage ne doit plus être retardé.

Il y eut un clic à l'autre bout avant que Gromezky ne puisse répondre. Il raccrocha violemment, en rage.

– Les enfoirés ! Pour qui ils se prennent ? Le Grand Nettoyage, c'est notre idée, putain ! Sans nous, ils seraient encore le cul sur leur fauteuil.

– Ouais mais côté matos et fric, ils nous aident bien, plaida Crapo. Sans eux, on s'rait p't'être bien encore dans nos gradins à juste gueuler.

Gromy se renfrogna. C'est vrai que depuis qu'ils avaient été contactés, lui et son groupe, par ces mécènes mystérieux, tout s'était accéléré et, surtout, son rêve avait pris une dimension concrète. La plupart des mecs avaient reculé, voyant qu'on allait réellement passer à l'action et seuls lui, le leader, et Crapo avaient accepté de sauter le pas. Trois jours après la première prise de contact, on leur avait fourni armes, fausses identités, déguisements et tout le tremblement. Et la désignation de la première victime. Tout était organisé. Le financement de l'opération aussi. Cinquante mille francs par cadavre. Le premier à Guingamp. Les autres suivraient, un par semaine.

Gromezky savait pertinemment que son acolyte avait raison, mais n'acceptait toujours pas son échec. On lui donnait l'occasion de se racheter. Il n'allait pas la laisser passer. Et puis, il ne faisait pas tout ça uniquement pour lui, mais aussi pour la grandeur de son pays. Pour la France. Belle et forte pensée, qui le réconforta et le regonfla à bloc.

– Allez, on s'arrache. Ramasse-moi tout ça, départ dans deux minutes.

– Et la tenue EDF ?

– Pas question de se déguiser cette fois, de toute façon, c'était naze cette idée.

– Tu r'mets pas la perruque alors ? Dommage, ça t'allait bien.

– Fais bien gaffe à tes dents, Crapo. Et magnetoi le train, t'as plus qu'une minute. J'vais pisser, t'as intérêt à être au volant quand je descendrai.

Bruno Gromezky pissait toujours un bon coup avant de livrer combat. Il pissait, et crachait de gros glaviots ramenés à coups de virils raclements de gorge. Une théorie à lui, sur les liquides obstructifs de l'organisme empêchant un rendement optimum au corps-à-corps. Il fallait être vide pour le full-contact.

Lorsqu'il grimpa dans la bagnole, Crapo l'attendait en gloussant. Il contemplait avec envie les fesses puissantes de Miss Pectoris posées sur le torse de Hulk. Il démarra en poussant un cri bestial, super-vilain de ce siècle agonisant à bord de son engin de destruction. Une Fiat Panda Colore.

* * *

Gabriel accepta de bonne grâce le café de Geneviève Rians. Il venait d'engloutir deux côtes de porc sauce aux myrtilles, accompagnées de poires, à faire pâlir de jalousie le patron de la Sainte-Scolasse. C'est vrai que dans le coin, «tout est bon dans le cochon», c'était plus qu'un dicton, c'était un art de vivre, voire une philosophie. Devant sa tasse fumante, Gabriel tentait de faire le point sur ce qu'il avait récolté jusqu'à maintenant et essayait de comprendre. Sa concentration était mise à mal par

Bodou, qui lui retraçait tout l'historique d'En Avant depuis 1912. Le Poulpe écoutait d'une oreille polie, et distraite, captant des bribes de phrases.

–...c'était la grande période. Celle des Le Quéré, André, Reyt, Salvi. Tous amateurs ! Et bretons. Ce parcours en Coupe de France, jusqu'aux huitièmes, tout le monde s'en souvient...

On n'était qu'en 1973, et Gabriel, lui, avançait à pas de fourmi pygmée. Tous les interrogatoires avaient donné le même résultat : Schumacher, non, on voit pas pourquoi il s'est fait descendre. Personne le connaissait ici, alors...

–...alors, tu penses, la D2, c'était la suite logique. Ça a pas trop traîné ! En 77, les Rouges grimpent et restent seize ans en D2. Avec une belle équipe au début des années 80, et encore des exploits en Coupe en 83 et 84...

Gabriel avala une gorgée de l'arabica. Les exploits de Lecouvreur en Bretagne, enquêteur freelance, et free tout court, ne resteraient pas dans les annales si ça continuait comme ça. Une connaissance encyclopédique du football costarmoricain, voilà tout ce qu'il ramènerait à Paris. S'il retenait la moitié de ce que Bodou racontait.

–...et pis 95, pan ! La D1 avec Rouxel, Laspalles, Carnot, tous des p'tiots qu'on suivait depuis leurs débuts. Et en 96, l'Inter de Milan au Roudourou, et l'année d'après, la finale de la Coupe au Parc. Le miracle, j'te dis ! Fallait bien ça, avec le nouveau stade. Et cette année, ça marche pas trop mal avec les nouveaux, Le Bars, un brin fêtard mais un sacré coup de patte, Paillot, le genre têtu endurant, et Le Flochmoine, un p'tit gars de Plélo, une vraie flèche. Ça marchait trop bien, faut croire, il a fallu ce coup tordu.

– Justement, intervint Gabriel, mon enquête ne mène nulle part. Je ne crois guère à la thèse du leader du kop sur un remplacement surprise de l'entraîneur en titre par Schumacher, et vous ?

– Moi non plus. Ce gars-là a fait ses preuves à Guingamp. J'vois mal un type là depuis une semaine à peine prendre sa place. Et pis il avait sûrement pas les diplômes qu'il faut. Mais il y aurait peut-être une autre hypothèse : Hrubesh International...

– Les géants allemands du béton et de la télé ? s'étonna Gabriel.

– Et des produits de beauté Horsti... sponsors du club d'où Schumacher était originaire. On les soupçonne de vouloir s'étendre sur toute l'Europe du foot. Des retransmissions des matchs de la Ligue des Champions jusqu'aux maillots des joueurs, en passant par la construction des stades, petit à petit, ils deviennent incontournables... et obtiennent de plus en plus de marchés.

– Et Schumacher aurait été une espèce de taupe, chargée de tâter le terrain en France ? À Guingamp, une si petite ville ?

– Oui, mais celle du président de la Ligue. Peut-être espérait-il récolter des renseignements ici...

Gabriel fit la moue, dubitatif. Mais après tout, il naviguait à vue dans un milieu complètement inconnu pour lui, et Bodou avait l'air d'en connaître un rayon sur ces accros du ballon rond. D'un autre côté, si son hôte était dans le vrai, l'affaire prenait une autre dimension et il n'avait plus qu'à plier ses gaules. Il rapporterait une bourriche d'huîtres à Gérard et un compte-rendu détaillé de ses pérégrinations infructueuses à Le Roch et basta ! D'ailleurs Cheryl commençait à lui manquer, signe manifeste du piétinement d'enquête chez le Poulpe. Rians le ramena en Bretagne.

– Mais t'en étais p't'être arrivé là aussi ?

– Pas vraiment, avoua Lecouvreur. J'en suis resté à des pistes plus locales. Mais guère productives. Il me reste à rencontrer cet Ivoirien, histoire de vérifier un dernier truc.

– Kabalo ? Il est mêlé a tout ça ? Ça s'rait vraiment la meilleure !

Gabriel ne voulut pas révéler à Bodou la blessure de l'Africain. Il préférait avoir un peu les coudées franches, et il se contenta de lui demander le chemin pour se rendre chez le joueur. Itinéraire que Rians lui donna de bonne grâce.

Cinq minutes plus tard, le Poulpe filait vers la rue des Acacias. Treize heures vingt-sept. Si cette dernière prise de contact ne donnait rien, il rejoindrait la capitale par le premier train. En fait, toutes ses pensées étaient tournées vers un grand lit en forme de cœur : il y culbutait une poupée au milieu d'une armée de peluches.

* * *

Crapo avait proposé un plan simple : entrer en force, tout foutre en l'air et massacrer le négro. Une tactique fortement inspirée de ses lectures, et immédiatement refusée par Gromezky, qui était plus subtil. Une stratégie établie en un clin d'œil à l'arrivée des deux skins au domicile du footballeur et à la vue du garage ouvert. Diversion, intrusion, exécution. Crapo sonnerait à la porte, Gromy s'introduirait discrètement par le garage et surprendrait sa victime par derrière. Sa position préférée.

Le plan fut suivi à la lettre, et les deux premières phases furent un succès. Pendant que Crapo carillonnait comme un taré, Gromezky pénétra dans la maison. L'effet de surprise joua à plein. Le skin reçut un coup d'une violence inouïe en pleine poitrine. Le souffle coupé, il se plia en deux et ramassa un énorme coup de poing sur la nuque. Sonné, il s'adossa à un mur et se laissa glisser jusqu'au sol, où, la tête bourdonnante, il perçut la voix de son maître. Pas un vulgaire roquet, mais un molosse noir.

– Alors, ducon, qu'est-ce que tu croyais ? Que j'allais tomber dans le panneau ?

Gromezky la bouclait, tête baissée. Il récupérait en silence, et essayait de retrouver un rythme cardiaque plus régulier. En face de lui, Kabalo, armé d'un manche de pioche, s'approchait, menaçant, emplissant presque toute la largeur du corridor où les deux hommes se trouvaient.

– Maintenant, t'as intérêt à me dire qui t'envoie…

Gromezky releva doucement le crâne et fixa le Noir d'un regard haute tension. Il rapprocha en même temps la main de sa cuisse. Contre son mollet, il sentait le contact rassurant de son poignard de combat. Dehors, cet imbécile de Crapo massacrait la sonnette. Kabalo empoigna le skin par le col, Gromezky feignit l'étouffement et gémit.

– C'est Tabor, hein ? Ce salopard m'avait pourtant…

L'Africain n'acheva pas. D'un coup de genou rageur, son agresseur le déséquilibra et le joueur se retrouva ventre à l'air. Le manche de pioche roula, hors de portée. Gromezky se releva, lame effilée au poing. Il avança vers Kabalo, qui reculait en rampant dans l'étroit couloir. Un coup de sonnette interminable résonna à travers toute la maison.

Les yeux du skinhead se fixèrent sur ceux de l'Africain. Un animal. Voilà tout ce qu'était l'homme à ses pieds pour Gromezky. Un animal à abattre, un nuisible, une larve. Un misérable ver qui allait rejoindre ses semblables à six pieds sous terre. Dans une poignée de secondes. Dès qu'il aurait planté son couteau dans cette chair impure. Maintenant !

Le skin fondit sur Kabalo, qui réussit *in extremis* à se relever et à éviter la lame. Le footballeur se précipita par la première porte ouverte, Gromezky sur ses talons. Les deux hommes arrivèrent dans un petit salon. Kabalo voulut se retourner pour faire face à son adversaire, trébucha sur une chaise et se retrouva à nouveau dos à terre. Gromezky ne lui laissa pas de seconde chance. Il se laissa tomber de tout son poids sur le Noir et, d'un violent coup de poignet, lui enfonça le poignard dans la gorge. La lame traversa les chairs et la carotide, trancha net une vertèbre cervicale et s'enfonça de deux centimètres dans le parquet. Le skinhead resta appuyé sur le manche dix secondes, les yeux fous, pendant qu'une flaque épaisse et brillante s'élargissait autour du cou de Kabalo. Un bruit de pas le fit sortir de sa transe.

– Putain, Gromy, qu'est-ce que tu…

Crapo pâlit. La vue du cadavre de Kabalo lui cloua le bec. Cette fois, c'était vraiment parti…

– Va m'chercher le tract, éructa Gromy d'une voix rauque. Et en vitesse.

Lorsque Crapo revint vingt secondes plus tard, Gromezky était en train de dépunaiser du mur une photographie représentant Kabalo et un autre Noir au sourire éclatant. Il l'empocha, puis arracha la feuille des mains tremblantes de son complice tétanisé pour la placer bien en évidence sur la poitrine du footballeur.

– Le FAF a commencé la chasse. Le gibier va morfler, brailla-t-il en essuyant son couteau sur le pantalon de Kabalo.

Il cracha sur le cadavre et sortit, envahi d'un immense sentiment de puissance, fier d'avoir vécu un moment historique.

* * *

Lorsque que le Poulpe arriva sur les lieux, presque guilleret, à cause de *la Tactique du gendarme* entendu sur une FM locale, il ignorait une chose : que les lieux étaient ceux d'un crime. Ce fut seulement devant la porte d'entrée, entrouverte, qu'il commença à froncer des sourcils. Les gens, habituellement, font plutôt de leur chez-soi des forteresses imprenables aux huis à trois points de sécurité et protègent jalousement leur intimité. Là… Un coup d'œil au garage, ouvert aussi. Tout comme la petite grille qu'il avait franchie pour parvenir jusqu'ici. Gabriel se demanda un instant si l'oiseau ne s'était pas envolé. Le mieux était encore de vérifier. Il poussa doucement la porte.

– Monsieur Kabalo ?

Pas de réponse. Le Poulpe hésita un dixième de seconde et entra chez le footballeur. Il le rencontra au salon, et Gabriel sut tout de suite que la conversation serait laborieuse. Marcel Kabalo ne lui apprendrait jamais comment il s'était blessé au visage, ni pourquoi il se retrouvait la gorge béante et les bras en croix sur le parquet…

Le Poulpe s'approcha doucement du cadavre, et ses yeux ne purent que tomber sur le rectangle blanc noirci au marqueur posé sur Kabalo. Gabriel lut.

LE FOOT AUX FRANÇAIS !!!

ASSEZ DE MANGEURS DE BANANES DANS NOTRE CHAMPIONNAT !

ASSEZ DE MOHAMED, YOUSSEF ET AUTRES OMAR DANS NOS ÉQUIPES !

ASSEZ DE CES SOI-DISANT FRANÇAIS, INCAPABLES DE CHANTER LA MARSEILLAISE !

LE FAF VEILLE, LE FAF SURVEILLE, LE FAF RÉVEILLE.

LE GRAND NETTOYAGE A COMMENCÉ…

IL SE POURSUIVRA BIENTÔT. AILLEURS.

LE FOOT AUX FRANÇAIS !!!

Gabriel soupira. Bon, nous y voilà, pensa-t-il, l'ennemi se démasque. Et quel ennemi… Le pire de tous, celui qui donnait envie de hurler « No pasaran ! », celui qu'il trouvait de plus en plus souvent sur son chemin. Et qui avançait de moins en moins masqué.

Gabriel jura, jeta un dernier regard à cet homme adulé, qui avait sûrement cru vivre un rêve ici, en France. France, terre de cercueil…

Lecouvreur entreprit de faire un rapide tour de la maison de l'Ivoirien, sans en espérer grand-chose. Ses espoirs ne furent pas déçus : le pavillon ne recelait rien de nature à prédisposer son propriétaire à l'égorgement. Une chose chiffonna un peu Gabriel : ces deux gros sacs remplis de vêtements, et ce troisième, prêt à l'être, dans la chambre de Kabalo. Le joueur était visiblement sur le départ. Le Poulpe, ne voyant pour l'instant pas d'explication, préféra quitter la maison et rejoindre Rians.

De retour chez son hôte, il mit au courant le Breton de sa découverte macabre.

– Quoi ? ! Kabalo, maintenant ? T'es sûr ?

– Plutôt, oui, fit Gabriel sombrement.

Et il résuma à Bodou sa visite éclair rue des Acacias, et lui rapporta cette fois le récit de Julien Roussillon.

– Alors, c'est clair, non ? murmura Bodou, atterré. Ces malades en avaient après Kabalo ce soir-là, et c'est Schumacher qu'a pris à sa place.

– Mais ils voulaient absolument la peau de l'Africain, poursuivit Gabriel.

– C'est pas possible, c'est pas possible, souffla Rians. C'est vraiment dégueulasse. Tu vas continuer ton enquête, hein ?

Gabriel allait continuer, oui. Mais plus ici. Il était persuadé que le meurtrier avait mis les voiles sitôt son crime accompli. Et puis, en réfléchissant un peu, il se trouvait un peu gêné aux entournures : il ressemblait un peu trop à l'agresseur de Le Men, et, surtout, il avait traîné un peu partout dans Guingamp sous une fausse identité. Le cadavre de Kabalo allait être découvert, et on ferait vite le lien avec un grand type qui posait des questions, un journaliste d'un hebdo inconnu du milieu.

– Robert, je vous promets de ne pas laisser tomber, annonça Gabriel. Mais je vais repartir sur Paris, le plus tôt possible.

– Mais les morts, c'est ici ! s'étonna Bodou.

– Oui. Les premiers. Mais les suivants, annoncés par le tract ? Mes contacts à Paris pourront sûrement m'en apprendre plus sur ce groupuscule « le Foot Aux Français ». Mais promis, je vous tiens au courant.

– Bon, ben, c'est toi qui vois, hein, fit Rians, un peu déçu. Mais retrouve-les, parce qu'un coup pareil, j'sais pas si on va s'en r'mettre.

6
(Vilain) Tacle par derrière

« Le TGV 8760 à destination de Paris aura un retard de quarante minutes. Nous vous prions de nous excuser pour ce retard. »

– Ah ! C'est bien notre veine ! Ce train qui prend la peine de s'arrêter à Guingamp seulement deux fois par semaine et en plus il nous fait attendre !

– Après ça, la SNCF va nous inventer un plasticage de l'ARB !

– Moi, le seul plastique que j'ai jamais vu, c'est celui qu'on mastique quand on achète un de leurs sandwichs !

Le mouvement de mauvaise humeur des voyageurs du quai A avait peu de chance de dégénérer en jacquerie. Trente éleveurs bretons bien remontés contre les têtes de choux de Bruxelles peuvent en deux, trois charretées vous aménager une sous-préfecture en un gros sphincter à lisier, mais les cinq malheureux pèlerins qui attendaient le train ne firent rien. Ce n'est pas en quarante minutes et aussi peu nombreux qu'on organise une percée de tracteurs. Le chef de gare cessa de flipper et les voyageurs allèrent boire un coup.

– Allez Alain ! Celle-là est pour moi !

Après lui avoir fait goûter de la Coreff, puis de la Coreff et encore de la Coreff, la famousse bière bretonne, Bodou voulait faire découvrir au Poulpe les charmes des cousines irlandaises et d'abord de la Kilkenny. Gabriel ne voulait pas le vexer, mais il avait tous les galons des vétérans de la bière irlandaise. La Coreff avait rendu Bodou épique. Donnant de petits coups de poing sur le comptoir et larmoyant la tête haute, Bodou parlait au Poulpe d'un monde meilleur : une équipe bretonne à la Coupe du Monde 2002, la Loire-Atlantique enfin rattachée aux quatre autres départements bretons, la fin du bétonnage de la côte bretonne et la plogoffisation de la terre entière, de La Hague jusqu'à Tchernobyl. Le Poulpe se dit qu'il fallait recadrer tout ça avant que le TGV ne coupe le faux-col de la pression à venir. Après tant de bières partagées, il inscrivit le tutoiement à l'ordre du jour.

– Bodou, avant que tu lances tes bombardes sur Paris, j'ai besoin de ton radôme. Sais-tu si Kabalo avait de la famille en France ?

– Tu sais, Kabalo, c'était un joueur plutôt secret, mais je peux te dire que sa seule famille en France était son frère Raymond, un étudiant en sciences à Paris. Un petit gars bien sympa qui était venu un week-end voir son frère. Je m'en souviens bien, à l'époque on était dans les cinq premiers...

Rians tripota son verre, but une gorgée puis sortit de sa veste un vieux répertoire.

– Tiens, je suppose que ça t'intéresse. On avait échangé nos adresses, avec le gars Raymond. Ça ressemble à une adresse de cité universitaire.

Prenant le billet de train du Poulpe, il inscrivit au dos l'adresse.

– Il avait beaucoup d'amis ? J'ai vraiment besoin du plus de tuyaux possible.

– Quant aux amis... ben... tu sais qu'à Guingamp, l'ambiance famille facilite les choses, mais il était pas du genre sociable. C'est ça, un type souriant mais pas vraiment sociable. Les moments où on le sentait le plus à l'aise, c'était quand il rencontrait, avant ou après les matchs, d'autres joueurs africains comme Diagona et Bandiagara d'Auxerre, Traoré de Bordeaux et beaucoup d'autres.

Sans mettre l'oreille sur l'un des rails, le Poulpe sentit que l'arrivée du 8760 était proche. Il brusqua Rians, le remercia et lui serra la main. C'était mieux comme ça. Des gars comme Lecouvreur et Rians, sur un quai, sont embarrassés. Ça tangue d'un pied sur l'autre pour ne dire que des âneries.

Le Poulpe avait réservé une place côté couloir. La dernière fois qu'il avait voyagé côté fenêtre, il avait fallu faire appel aux pompiers de Paris pour désencastrer ses longues jambes. Il ouvrit le livre que lui avait donné madame Rians pour passer le temps dans le train. C'était un recueil de poésie aux éditions de Minuit d'Eugène Savitzkaya, qui avait pour enseigne *Cochon Farci*. Madame Rians lui avait confié que son mari le lui avait offert, mais il s'était trompé avec le titre dont elle avait entendu parler sur *Radio-France Armorique*, *Comment réussir les pieds de porc* de Jean-Pierre Coffre aux éditions du Démon de midi. Gabriel s'endormit sur le livre. Un peu de fatigue et un peu trop de bière.

C'était la fin du match. Les rouges échangeaient les maillots avec les jaune et vert. Allez les rouges ! Le 7 jaune et vert offrit son maillot et exhiba une magnifique paire de petits seins. Revêtu de rouge, le plus bel ailier de la première division regagna le vestiaire. Son short moulait et satinait. Le libero rouge, victorieux et excité, suivit cet ailier qui débordait de sensualité. Il le désapa dans le vestiaire visiteurs. Sous la douche, il paracheva la victoire des rouges en obtenant l'abandon et les cris. «Merci Gabriel», lui dit Cheryl.

On était aux portes de Paris. Les pages 14 et 15 du *Cochon Farci* étaient froissées. Il tardait au Poulpe de revoir Cheryl et de recevoir son pardon et les délices qui vont avec. Ensuite, il pensa au plat du jour qu'allait lui servir Vlad au Pied de Porc.

***

– Il était moins une et t'étais bon pour le jambon-beurre !

Émergeant de la fumée, Gérard apportait au Poulpe un de ses tours de magie tout simple : d'énormes paupiettes de veau qui faisaient du gringue pas possible à Gabriel.

– Vlad est parti il y a moins d'un quart d'heure. Il va être déçu de ne pas avoir été là pour écouter ta conférence au sommet parce que nous, on aurait bien besoin d'éclaircissements. Pourquoi ce carnage autour de Guingamp et…

– Non mais, Gérard, tu ne peux pas le laisser tranquille et si tu veux des informations, relis le canard !

Maria matraquait Gérard avec *le Parisien. Commedia dell'arte*. Le Poulpe avalait consciencieusement. Rien ne le dérangeait. Après les paupiettes, il serait temps d'aviser. Le Poulpe fit un geste très ample (avec lui tout était ample), très «je suis la réincarnation y'a pas plus sereine de Bouddha» et demanda à Gérard de lui faire la lecture de ce qui avait trait à Guingamp. Gérard reprit la lecture alors que le Poulpe échafaudait son plan pour s'emparer du gâteau roulé à la confiture de rhubarbe.

– Bon, je te donne les grandes lignes de l'article. Pour eux, il n'est plus question d'une affaire guingampo-guingampaise. Là, je suppose que je ne t'apprends rien. Ils ne sont pas loin d'évoquer une vaste entreprise de liquidation nationale de tous les joueurs étrangers émanant des milieux extrêmo-skinheads. L'article fait un rapprochement très faux-cul entre les agissements du Foot Aux Français et les prises de position de Jean-Marie Le Pen lors du Championnat d'Europe des nations de 1996 quand il déplorait la composition bigarrée et donc antipatriotique de l'équipe de France.

– Si le salut de la France n'avait tenu qu'à ce genre de sale type, on en serait aujourd'hui à chanter «*Heili ! Heilo !*» à la fin des banquets et à faire apprendre à nos enfants les maximes d'Hitler ! Les mêmes jojos fachos qui font des leçons de patrie, d'identité française vous vendent le kit complet de la haine *made in* Troisième Reich !

Maria avait cessé de découper des tranches de gâteau roulé. Il ne lui avait rien fait, ce gâteau, mais elle n'avait pu s'empêcher d'agir avec rage. Cela la mettait hors d'elle. Ses parents avaient dû se mettre hors d'Espagne. La France n'avait pas mis le couvert mais ils avaient pu s'asseoir, enfin à l'abri. Voilà que certains voulaient faire jouer la France à la chaise musicale. Un jeu très drôle. Épouvantablement drôle. La rhubarbe giclait. Les barbares devaient gicler.

Le Poulpe se foutait bien de la présentation écroulée de son gâteau. L'âme du café, c'était Gérard et Maria. Grâce à eux, il prenait son bol d'air : beaucoup d'azote, de l'oxygène et ce gaz plus rare, hé non, ce n'était pas l'argon, ni le xénon, c'était juste le respect de l'autre, un respect couillu parce que certains ne comprennent qu'avec ça.

– Maria, avant de partir au maquis, est-ce que tu pourrais me laisser continuer ma revue de presse, à moins que Gabriel en ait assez.

Un autre signe ample pour lui dire de continuer.

– Suite à ce que je disais, on s'orienterait vers un écumage du milieu skin. Il y aurait donc un recentrage vers Paris. Si tu veux mon avis, ça va remuer sec du côté des fouteurs de merde professionnels du virage Boulogne. Maria ne connaît peut-être pas mais au Parc des Princes, c'est le « No Black land » : un virage mortel où se réunissent lors des matchs les plus beaux spécimens des skins de la capitale. On y vient pour insulter les adversaires, hurler sur les joueurs qui ne sont pas blancs, provoquer des bagarres, faire la chasse aux spectateurs noirs ou arabes et aussi pour supporter son équipe, de temps en temps.

Gabriel se rappelait très bien des scènes honteuses qui avaient suivi la fête organisée au Parc après la victoire de la Coupe des coupes par le PSG. Des skins avaient pourchassé des spectateurs noirs. La magie du sport.

– Tout cela fait qu'on se désintéresse du pauvre Schumacher. Étranger peut-être mais il fait mort de trop. Hypothèse : la cible n'était pas l'Allemand en stage mais l'Ivoirien Kabalo. Voilà pourquoi on se retrouve avec deux morts, et ça ne devrait pas s'arrêter là. La police sécurise et enquête. Fin de la revue de presse. Pas de questions, Gabriel ?... Alors, je débarrasse la table.

Gabriel se demanda un instant si ce n'était pas lui qui avait pondu cet article voyant qu'il n'en savait guère plus. Ce plus, il pensait l'obtenir tout d'abord en rencontrant le frère de Kabalo. Pourquoi ces tarés du FAF avaient-ils choisi de frapper à Guingamp ? Il n'y a pas beaucoup de stades en France où l'on peut préparer gentiment un carton à partir d'un F3 et puis pour l'onde de choc médiatique, c'est plutôt réussi. Il faut imaginer tous ces chaînons manquants du nazisme, bavant de plaisir devant leur écran, invoquant Himmler et tous les saints de l'Enfer. D'accord, la première tentative avait foiré puisque c'est Schumacher qui avait trinqué, mais ils n'avaient pas attendu une semaine pour se refaire le bon carton. En plein dans le mille. La cible Kabalo. Était-ce le hasard macabre de leur liste qui avait désigné tout d'abord ce joueur ou bien était-ce lui qu'on avait délibérément placé en tête de liste ? Lui, Marcel Kabalo, vingt-deux ans, puissant défenseur, fusée des couloirs latéraux, un super jeu de tête et déjà dix sélections pour la Côte-d'Ivoire : un joueur au grand avenir... Tout simplement un homme qui devait avoir de belles années à vivre s'il n'avait pas croisé le chemin de ces démarcheurs de la haine. Non pas en tous genres, seulement en genre blanc. Peinture abstraite et crue. Le fond de l'aire est blanc. Pas de palette, ni de mélange.

Il lui fallait remercier Gérard et Maria, digérer les paupiettes et rencontrer Raymond Kabalo.

* * *

Le Poulpe n'avait pas eu besoin de frapper. La porte de la petite piaule était ouverte. Trop de monde. Dans une chambre de cité U, à deux vous formez déjà un débordement. Alors là, c'était la cité U dans la chambre. Pas de débordement de bruit : ils étaient tous là pour aider Raymond en créant cette bulle de silence et de chaleur. Il y allait aussi de la peau de tous ces jeunes Africains : après le Foot aux Français, les Universités aux Français, les Usines aux Français, les Rues aux Français, la France aux Français et rien aux Foncés ! Le Poulpe s'était présenté comme un ami de Rians. Raymond Kabalo s'extirpa de la chambre avant de recevoir des mots de réconfort. Le Poulpe n'avait pas le sens des convenances. Le réconfort, il avait plus de chance de l'apporter en offrant sur un plateau les oreilles, la queue et la paire de Dr Martens de celui qui avait égorgé son frère. Voilà ce qui, à l'instant, aurait été un véritable réconfort.

– Marcel était si bien chez vous. Il ne ressentait pas vraiment de haine raciale dans la vie de tous les jours. Dans certains stades, il ne pouvait pas dire la même chose, les humiliations, les insultes, les crachats... Voilà, ils ont eu ce qu'ils voulaient, sa peau de Noir... Demain, son corps doit être transféré à Paris, puis il repartira pour la Côte-d'Ivoire après-demain. En voilà un à qui on ne demandera plus ses papiers... C'est comme ça que vous voulez tous nous voir repartir : en charter et refroidis !

Le Poulpe aurait dû en rester là, lui serrer longuement la main en bredouillant, mais là non, il fallait dépasser l'émotion pour coller aux basques du FAF et le faire cesser.

– Je n'agis pas au nom de la police, ni au nom de l'État français. Rians m'aurait jamais refilé ton adresse si ça avait été le cas. J'ai mis mon nez dans cette affaire de meurtres à Guingamp pour venir en aide au club et surtout à ses amis, mais avec la mort de ton frère, le simple fait local est devenu une course minutée par des meurtres. Je veux organiser un combat à la déloyale pour arrêter tout ça. Je veux me battre, j'espère, pour un tas de gens mais surtout pour moi, car je ne peux supporter l'idée d'une société marchant au pas de l'oie !

– Et moi, qu'est-ce que je fous dans ce combat ? Moi, le gentil Noir qui n'a rien à dire parce qu'il ne faut pas être ingrat avec la France, généreuse et républicaine, qui me permet de faire des études, moi, le gentil Africain qui était la fierté de sa famille avec Marcel, et qui va revenir au pays avec le cadavre de son frère ! Tu crois pas qu'il est truqué, le combat ? Tu crois pas qu'il est foireux pour les étrangers ?

– J'ai pas à faire de morale, ni de discours à la con sur la tolérance. Les discours, on en a entendu de tous les côtés, ils ont juste servi à nous endormir. Tu crois qu'ils ont empêché la montée de la gerbe brune ? Moi, j'ai pas envie de les voir continuer à gerber sur les cadavres de ton frère et de tous ceux à venir.

Gabriel se dit qu'il y allait un peu fort avec Raymond. Lui-même n'aurait pas aimé que, à la mort de ses parents, une grosse baraque vienne le réconforter avec des mots aussi doux que la caresse du missile Tomahawk.

– Raymond, tout peut m'aider pour pister ceux qui ont tué ton frère. T'avait-il parlé de menaces, de provocations ? Tout est important pour que ton frère soit la dernière victime de ces tueurs.

– Écoute, la mort de mon petit frère à cause de sa peau, ça brouille les idées sur la justice mais je serais prêt à tout pour arrêter ces types et empêcher le carnage. Mais là, tu vois, j'ai rien à donner. Les suspects, on peut les compter par milliers ! Jamais je n'aurais pu prévoir la mort de Marcel. Moi qui vivais tellement fort son rêve de footballeur avant cette sale journée d'hier…

Il pleura et un ami vint le chercher dans le couloir. Le Poulpe s'éclipsa, peu fier d'avoir eu à questionner celui qu'il fallait laisser tranquille. Gabriel se dit que s'il n'y avait pas vraiment convergence de ses intérêts et de ses objectifs avec ceux d'un paparazzi, les méthodes pouvaient avoir un air de famille : humer l'air tout frais du malheur. Il n'avait pas le temps de se relire une édition scolaire et annotée du *Prince* de Machiavel et d'en tirer la consolation suivante : ben oui ! C'est dégueulasse mais c'est pour la bonne cause. Il avait juste besoin de respirer et de trouver le réconfort nécessaire pour continuer. Malgré tout.

* * *

Un grand type dans un magasin de jouets, c'est touchant, surtout s'il est à la recherche d'une peluche. Gabriel voulait un cadeau qui lui permettrait de rétablir des relations diplomatiques, rompues depuis trois jours, avec Cheryl, une des rares Françaises à détester *Téléfoot* : il paraîtrait qu'elles ne sont que vingt-neuf millions. Comme il n'y avait pas de peluches de casque bleu, il partit du magasin avec, sous le bras, le Grand Schtroumpf : d'accord, c'est plus une casaque bleue qu'un casque bleu mais pour Gabriel, il devait jouer un rôle bien plus efficace comme force d'interposition dans cette mini-crise conjugale d'un couple qui n'en était pas un. Eux, dans l'anthologie de *Bas les Masques*, on les aurait plutôt rangés dans la rubrique « complicité sexuelle durable mais sans complicité, plus de sexe ! » SOS Mireille Dumas !

Gabriel et le Grand Schtroumpf étaient sur le palier de Cheryl. L'un des deux avait très envie de décoiffer la coiffeuse.

– Alors, Gabriel, tu ne me présentes pas ton nouvel ami ? Attends ! Laisse-moi deviner… Vous vous êtes rencontrés dans une tribune lors d'un match de foot, puis vous avez fini la soirée au comptoir, où vous vous êtes raconté toutes vos misères, ton nouvel ami pleurant sa schtroumpfette qui l'avait trompé avec le fafschtroumpf et toi, lui parlant des amours triangulaires, l'homme, la femme et la télé.

Vive et sarcastique. Le Poulpe, même tout con avec sa peluche, adorait ça. À nouveau, il se trouvait plein d'allant. Lui chipant son petit ami, Cheryl l'embrassa pour le remercier.

– Cheryl, je vois que tu as rebranché ta télé. Tu sais, ce qui me brancherait ce soir, c'est qu'on se mette sur *Canal +*, il doit bien y avoir un match de foot à cette heure, et puis qu'on se fasse une partouze, avec mon nouveau pote. Ça te dit ? T'imagines le truc torride devant une huitième de finale de coupe d'Europe avec les ralentis et tout !

– Grand bêta ! J'avais des raisons de me fiche en rogne mais là, je ne t'en veux plus ; c'est fini !

Ils s'étaient assis sur le canapé. Gabriel avait très faim mais il avait bien l'intention de faire couiner ce vieux canapé.

– Désolé, Gabriel, pas ce soir ! J'attends quelqu'un pour sortir.

D'accord, dans leur relation, il était bien clair qu'il ne devait pas y avoir de jalousie et plein de liberté. Certains étaient plus libres que d'autres. C'était ce que pensait le Poulpe. Il pensait à lui. Voilà pourquoi, ce soir, il se sentait rétrogradé en très peu de temps de la première division au championnat Corpo. Largué sans amarres. Pour un soir ou deux. Changement d'aile. Changement de lui. Le Poulpe ruminait pendant que Cheryl lui parlait de ce client du salon.

* * *

Gabriel resta chez Cheryl. En fait, son corps trop fatigué décida pour lui. En feignant de chercher quelque chose dans la cuisine, il vit par la fenêtre la rencontre entre Cheryl et son client. Quelle rigolade, un type qui vient au salon toutes les trois semaines ! Collant comme du gel ! Bon d'accord, il était beau mec, costaud, mais il y avait un truc qui clochait. Plus que cela, un attentat à la pudeur ! Assassinat de l'art occidental en pleine rue ! Il avait la coupe footballeur du championnat allemand : les cheveux courts devant, longs sur la nuque et les tempes assez dégagées. Cheryl lui avait dit qu'il était milieu de terrain au Red Star. Gabriel n'avait désormais aucun mal à la croire. Elle devait le voir jouer samedi soir. Les uppercuts ne s'annoncent pas. Elle avait deux places. Gabriel s'était empressé de refuser la deuxième place. Encore, ce n'était pas le plus dur à avaler pour lui : ce soir, Cheryl et sa Red Star devaient se rendre à l'IRCAM, écouter une création mondiale d'un musicien polonais, *« Sublimations pour concertistes internautes... »*

Gabriel resta sublimé devant son escalope aux champignons et à la crème fraîche.

7
En plein dans la lucarne

C'était juste après le repas. Gabriel venait de trahir : il n'avait pas mangé au Pied de Porc à la Sainte-Scolasse. Pourtant, le jeudi midi, c'était le jour des endives au jambon et à la sauce blanche. Il avait dévoré deux galettes-saucisses et deux crêpes au sucre offertes par Loïc Le Roch, le patron de La Bolée du Trégor. Tout cela lui serait vite pardonné par Gérard, Maria et Vlad pour la raison pur beurre qu'il était là pour son enquête.

Il ne savait vraiment pas sous quel angle attaquer la piste des kops racistes, même s'il avait déjà eu affaire par le passé à quelques énergumènes au crâne rasé. Gabriel Lecouvreur, enquêteur des terres minées comptait sur le patron de La Bolée, ce roc armoricain tendance heavy mandale, pour renifler les mines.

Gabriel lui demanda où se trouvait le téléphone. Il était en bas, à côté des toilettes, dans l'escalier. En descendant les marches, il vit des affiches pour des concerts d'Ar Re Yaouank, de Sonerien Du et de Tri Yann, qui était le seul groupe qui lui disait quelque chose, et puis aussi un poster de l'équipe de Guingamp avec au deuxième rang Marcel Kabalo, mort sur le sol breton graniteux comme un caveau.

Le Poulpe avait besoin de relever les mesures de la station météo de Guingamp et pour ça, rien ne valait ce bavard mais vraiment pas sourd de Bodou.

– Bonjour madame Rians, c'est Alain le Corner. Je pourrais parler à votre mari ?... Merci beaucoup.

– Ah, Alain ! Je vois qu'on ne peut plus se passer de son Bodou. Le père Rians, c'est comme la Coreff, ça a un de ces goûts typés dont on ne peut plus se priver. Tu sais que je pensais vraiment à toi depuis la fin de la matinée. J'ai de ces choses à te raconter, mais faudrait que tu gardes ça pour toi, bouche cousue pour ton canard.

Le Poulpe se demanda s'il n'avait pas appuyé un peu trop fort sur la touche lecture et chercha désespérément sur le téléphone une quelconque touche pause. Le verbe de Bodou possédait la force métronomique des vagues partant à l'assaut de la pointe du Raz.

– T'inquiète ! Je te le jure sur la tête de Bernard Hinault !

– Ah ah ! Sacré Le Corner, j'peux te dire qu'elle ne craint pas grand-chose, la tête du blaireau. C'est pas une de tes promesses qui va ébrécher ce fichu cabochard d'Yffiniac. J't'ai pas raconté que j'avais assisté à sa première victoire en critérium ?

Comme Gabriel n'avait pas envie d'entendre l'histoire du cyclisme breton depuis Astérix jusqu'à nos jours, il fit actionner le levier d'aiguillage juste avant le passage de la loco en folie de Rians.

– Écoute, Robert, tu me raconteras tes histoires d'ancien combattant lors du prochain 11 novembre, même que tu auras le droit de me dire comment tu as creusé une tranchée à Plogoff, mais reviens à ce que tu voulais m'annoncer.

– Ben ! Comment sais-tu que j'avais creusé une tranchée à Plogoff et que, pendant un après-midi, j'avais résisté à toute une compagnie de CRS ? Bon… bon… Je reviens à l'affaire et de ce côté ça se complique, parce que le Marcel Kabalo, on a appris des choses pas très nettes sur lui depuis l'autopsie et ça doit ne pas se savoir pour le moment. Il était complètement shooté et ce depuis plusieurs mois.

– Attends ! Par shooté, tu veux entendre qu'il était dopé ?

– Ouais, c'est tout à fait ça. Depuis le début de la saison, il apparaîtrait qu'il carburait à des hormones stimulant la production de globules rouges, ce qui veut dire un apport maximum en oxygène et une sacrée patate sur le terrain, de quoi tenir à fond pendant quatre-vingt-dix minutes de match et même pendant les heures qui suivent... C'est-y pas malheureux, des choses pareilles ?

Gabriel ne connaissait guère que les anabolisants et la testostérone, souvenirs de l'affaire Ben Johnson, ce sprinter qui avait cru qu'avec ces superpouvoirs, il pouvait se transformer en baudruche débordant de son short en Lycra sans que personne ne s'en rende compte. Gabriel se promettait plus tard de vérifier si la bière faisait partie de la liste des produits prohibés. Manquerait plus qu'avec ça, on soupçonne sa bedaine en pleine période de croissance d'être le fruit d'un dopage intensif.

– Mais dis-moi, comment ont-ils découvert ça à l'autopsie alors que, en général, on ne s'intéresse qu'aux éléments qui ont entraîné la mort ?

– Tu attends deux minutes, Alain, je vais chercher mon calepin. Tu sais, j'suis pas doyen de la faculté de médecine.

Gabriel estima que Bodou méritait bien son surnom : rien de ce qui était à portée de son radôme ne lui échappait. « Allô la Terre ! Ici Soyouz 6 ! Message pour monsieur Rians, Guingamp 22200 ! »

– Voilà comment ça c'est plus ou moins passé. Quand Kabalo a été buté, il a dû chuter sur quelque chose de dur, du genre mobilier, si bien que ça a sûrement occasionné de gros hématomes, notamment sur les jambes. Dans ce type de cas, surtout que cette mort est une grosse histoire, le médecin légiste doit tout étudier, pas uniquement la blessure provoquée par le coup de couteau, mais aussi tous les autres traumatismes comme ces hématomes et c'est comme ça qu'ils ont découvert des choses pas très claires : des thromboses veineuses plutôt vieilles au niveau des deux jambes. J'ai noté que ce sont en fait des caillots qui se forment.

Le Poulpe commençait à se demander s'il ne s'était pas trompé d'enquête et que par un effet de transvasement, il avait débarqué avec ses grandes paluches dans l'univers de Kay Scarpetta, le médecin légiste fort molle dont les aventures passionnaient Cheryl.

– En cherchant plus, ils ont aussi remarqué que la moelle osseuse de ses guibolles déconnait. Ils parlent de fibrose infraclinique. En fait, ce qu'il faut retenir de tout cela, c'est que c'est complètement anormal pour un jeune type comme Marcel, qui avait vingt-deux ans.

– Donc, d'après l'autopsie, si c'est anormal pour quelqu'un de son âge, ces complications seraient dues au dopage ?

– Y a pas de doute et en plus il a dû mettre la dose. Ces produits qui accélèrent la production de globules sont vraiment très à la mode. Ce sont des hormones qui, en temps normal, sont produites par les reins. En général, ils sont administrés aux malades qui souffrent d'insuffisance rénale. Alors, tu vois, le Marcel à la façon dont il te labourait un terrain en deux, trois enjambées, on a du mal à croire qu'il était en dialyse ! De toute façon, ça n'a plus d'importance, ce n'est pas ça qui l'a tué. J'ai juste le regard qui se brouille encore plus sur le sport mais tout ça ne doit en aucune façon te faire baisser les bras.

– Ne t'inquiète pas, je sais à quoi m'en tenir. Comment as-tu fait pour obtenir tout ça ?

– Avant que la presse n'ait vent de ce rapport d'autopsie, il y en aura des marées dans la baie de Saint-Brieuc et puis tu sais qu'en Bretagne, des cousins, tu en as partout. C'est comme les choux-fleurs.

* * *

– Mais bordel ! Où est-ce que vous l'avez foutue, cette putain de cassette ?

– Ouah ! Ça va, Gromy ! Tu vas pas nous chier une pendule !

– Fais attention comment tu me causes si tu veux pas que j'te défonce la tête et que j't'encule avec la pendule ! Si j'ai pas ma cassette de Stark und Sieg, ça va vraiment chier !

Gromezky était une baraque certes, mais du genre mobile-home. Contrarié, il pouvait se déplacer sans être remorqué pour secouer celui qui lui parlait de travers. Ses copains ne pouvaient rien refuser à cette brute pourrie gâtée, surtout pas depuis les meurtres de Guingamp. Crapo chercha derrière la pile de cassettes de cul, là où ils avaient l'habitude de planquer le paquetage réglementaire. Sous un lot de brassards à croix gammée, il trouva quelques cassettes. Il lança à Gromy celle de Stark und Sieg. Crapo savait obéir, c'est pour ça qu'à l'armée, il avait gravi les échelons à la vitesse d'un AMX 30 planté dans une grosse vasière, pour devenir «Craporal». Tous ses potes de chambrée lui avaient fait miroiter qu'avec ça il pouvait donner des corvées aux Antillais et aux Polynésiens. Bref, un homme au caractère bien trempé… dans la haine la plus rassise et la merde la plus grasse.

BOUM BOUM TCHAK TCHAK BOUM BOUM TCHAK TCHAK BOUM BOUM TCHAK TCHAK BOUM BOUM

Gromezky bondit du canapé aux premières mesures du chenil-hifi et entama une danse folklorique très inspirée des rites de guerre des marteaux-piqueurs. Après en avoir eu assez de pilonner la moquette de ses grosses chaussures, il tendit les bras et tourna très vite sur lui même. Étourdi, il tomba sur le dos. Il avait gardé les yeux fermés, bien calé dans son rêve, celui d'être devenu le sauveur de la race blanche.

Les hurlements antisémites de Stark und Sieg n'avaient pas réussi à égorger la sonnerie du téléphone. Un des sbires de Gromezky lui tendit le combiné :

– Ouais ! Ah ! C'est vous, monsieur Francis. Mais bordel, vous allez baisser cette putain de chaîne ! Scusez, monsieur, mais… on peut dire que j'l'attendais, votre coup de téléphone. Je me disais à moi-même, hein qu'il nous a pas oublié monsieur Francis ? Ça a pris le temps que ça a pris mais on en a eu le bout, du noiraud.

Grommelant comme un bon skin de chasse, Gromezky écouta les consignes de monsieur Francis puis raccrocha. Deux minutes sans jurer, c'était comme faire un cinquante mètres sous l'eau. Exténuant. Respiration.

– Bon Dieu de bon Dieu ! À nous le pèze ! Crapo,

tu lèves ton cul, rapidos ! Vous, les têtes de gland, vous gardez le bunker.

Gromezski et Crapo, les gros chaperons rougeauds, s'en allèrent gaiement voir le grand méchant loup. Conte pour enfants, strictement pour enfants. Eux au moins savent encore s'effrayer.

* * *

Pas un désert cul-nul, pas une station-service en carafe, pas une *highway* qui déblatère sans fin du bitume, pas une Buick pour des gars potables, pas de musique avec son Dolly stéréo Parton. Rien que du cinéma d'action purement français avec deux *french lovers*, servant des dialogues vifs et élégants. Le Poulpe et Le Roch voulaient une sortie sur grand écran de leur rade-movie, «Entretien avec des gens pires».

Le Roch avait proposé à Gabriel de faire le circuit de troquets où, au clair de lune et après les matchs du PSG, s'abreuvent les fauves. Un patron de bar détermine sa clientèle. Tout ça n'a rien d'original. Le Roch connaissait quelques-uns de ces bistrotiers licence IVème Reich qui n'avaient pas foutu dehors tous ces «gens pires», comme lui l'aurait fait. Responsables donc coupables. Bien sûr, se disait Le Roch, quand son troquet est à deux minutes du Parc des Princes, difficile d'échapper à la marée qui ne sent pas que le goémon.

– Premier arrêt ! À la p'tite goutte ! Le patron est de Morlaix mais il est militant FN. Encore un qu'a mal tourné.

– J'ai déjà la nausée.

– Je te montrerai la direction des WC. Tu préfères

peut-être déposer ta gerbe sur les pieds du patron ?

– Arrête ! Ses chaussures seraient capables de briller encore plus…

Ils passèrent la porte et s'installèrent au comptoir. C'était une petite fin d'après-midi. Pas plus de cinq habitants au kiloverre carré.

– Alors, tu as fermé ton café ?

– T'inquiètes ! La Isabelle sait y faire aussi bien que moi pour tenir un café et pour trier la clientèle.

– D'accord, d'accord… Si tu t'es ramené ici avec ton ami, c'est pas pour me faire la morale ou nous faire un strip sur le zinc… Alors, tu lui veux quoi, au vilain méchant René ?

– Je recherche un type qui pourrait fréquenter ton café, du genre supporter du PSG anti-Noirs, anti-Arabes…

– Depuis quand tu t'intéresses au PSG ?... À moins que l'En Avant recrute des formateurs pour ses supporters ? En tout cas, j'peux te dire que t'as pas fini de chercher.

René ricana. Ça lui faisait plaisir de se foutre de Le Roch et de voir qu'il avait besoin de lui.

– Ce que je cherche, c'est un grand costaud qu'aurait les cheveux frisés et…

– Tu te fous de moi ! Un gars du kop avec des cheveux frisés ?... Quelle poilade ! Et pourquoi pas un islamiste, tant que t'y es ?

Gabriel sentit sa vésicule biliaire faire l'acrobate. Combien de temps fallait-il endurer les provocations de ce petit chef de l'outre-zinc ? En même temps, il se dit qu'il ne s'était pas déplacé par pur masochisme : c'est vrai qu'un type qui est supposé être à la fois skin et frisé, cela relevait de l'absurde.

Ou alors… Satori à Paris ! Révélation auprès d'un pilier de bistrot ! De la ruse d'Iroquois : une histoire de cheveux, quoi !

Le Roch était fait de granit rose. Il encaissait.

– Si ça te fait marrer, j'ajouterais qu'il a un langage bien frisé où les putains se disputent aux bordels.

– Depuis quand tu t'imagines que l'Académie française se réunit au virage Boulogne ?

– Si tu me laisses terminer, René, il se pourrait que le secrétaire perpétuel du juron se soit absenté de Paris depuis plusieurs jours ; alors un client régulier absent, ça se remarque…

– Sincèrement, je suis prêt à te rendre service parce que d'une, t'es un compatriote et ça tu pourras rien y faire, même si je te fous la honte et puis, de deux, ta Isabelle est un sacré petit lot…

– Je transmettrai… Elle sera très sensible aux compliments d'un militant lepéniste frustré, bedonnant et aux couilles de bigorneau !

– Oh là là, c'est qu'il prendrait la mouche, le Loïc… Mais le bigorneau, il va gentiment te donner deux adresses où y a ce genre de clients… Pas rancunier pour un sou… Tu pourras toujours dire à la Isabelle que le bigorneau est toujours sur son rocher.

René écrivit les adresses sur un dessous de bière puis le donna à Le Roch. Cela valait le coup d'essayer. Le Poulpe se dit que ce n'était pas encore aujourd'hui qu'il allait découvrir un café philosophique.

Ce n'était pas un tapis rouge vers la vérité quatre étoiles qui se déroulait devant eux mais une piste savonnée aux marseillais lepénistes. Il était déjà plus de huit heures et il leur fallait rendre visite au Cycle puis ensuite aux Trois Clés.

***

Deux Paulaners agonisaient sur le comptoir du Cycle. À les voir, on ne leur aurait pas accordé plus de sept centilitres de vie. Le Roch et Lecouvreur avaient le coup de grâce dans le gosier.

– Les Américains ont la vraie bonne solution. Chez eux les Noirs vivent ensemble dans leurs quartiers et ils s'entretuent. Si on veut pas assister au déclin de la race blanche, y aurait urgence à réagir !

Cela venait d'une table à droite où se tenait trois jeunes pelés. Haut et fort, pour que la salle en profite bien, ils proposèrent dix mesures de nettoyage de la France. Ils commandèrent d'autres verres à la santé de Kabalo et des joueurs tropicaux qui allaient manger du gazon. Ils parlèrent du match du lendemain au Parc des Princes avec l'extatique espoir d'avoir un spectacle arrosé au sang frais.

– Bon, allez, moi je me tire. On se dit à demain soir.

Un des techniciens de la surface blanche se décidait enfin à sortir. Par le plus interplanétaire des hasards, Le Roch et le Poulpe déclenchèrent les sièges éjectables du zinc.

– Est-ce qu'on pourrait te parler ?

Sur le trottoir, le petit gars haineux se retourna. Il était agacé mais le panorama imprenable sur les deux sommets himalayens lui fit retrouver le sourire spontané du présentateur d'un télé-achat.

– Ben… Écoutez… Je vous connais ?

– Moi, c'est Fred Astaire et lui, c'est Gene Kelly, et on avait envie de t'apprendre les claquettes.

Le Poulpe enchaîna deux pas hollywoodiens avant de saisir Ginger Rogers par le col.

– Mais putain, c'est quoi ces conneries ?

– C'est à toi qu'elles vont arriver, les conneries, si t'es pas gentil avec nous !

– Qu'est-ce que vous me voulez ?

– Nous ? Juste du feu, l'heure et… des renseignements sur le Foot Aux Français.

– J'ai rien à vous dire là-dessus ! Je ne sais même pas de quoi vous parlez !

Le Poulpe joua la scène qui avait été censurée dans *Un Américain à Paris*, celle du secouage de prunier et du râteau.

Pas un curé à l'horizon pour donner l'extrême-onction et pourtant le petit facho accepta de se confesser.

– Ne me dis pas, après ce que j'ai entendu au café, que tu milites à SOS-Racisme et que dans les travées du PSG ou dans vos brasseries munichoises, tu n'as jamais rencontré de types prêts à tout pour liquider le foot de ces joueurs étrangers.

– Je vous jure que je n'ai rien avoir avec ceux qu'ont liquidé le nègr… J'suis même pas capable de tenir un flingue.

– Ce qu'on te demande, ce n'est pas de te servir d'un flingue mais de ce truc que tu prends pour une cervelle. On a un portrait du flingueur, un grand balèze qui jure comme une charretée de charretiers. Dis-moi où j'ai des chances de rencontrer la bande capable d'organiser cette liquidation. Grouille !

Le petit secoué mima minablement la perplexité puis la réflexion.

– Vous me lâcherez après ?

Le Poulpe acquiesça, Le Roch se caressa le poing droit et le petit gars sua.

– Je connais un endroit, un local où se réunissent des gars comme vous dites, capables de tout. J'en sais rien s'ils se font appeler Foot Aux Français mais ce sont vraiment des supporters de choc. J'ai dû y aller deux ou trois fois après un match.

– Tu connais les noms de ces types ?

– Ne me caftez pas mais y en a qu'un que je connaissais qui m'a invité dans leur repaire, y paraît que c'est un noblion, moi je le connais sous le surnom de Crapo. C'est vraiment tout, je vous le jure.

Après la séquence romance, yeux dans les yeux. Le Big Band se réveilla en sursaut. Fred Astaire et Gene Kelly prirent Ginger par le bras et lui firent descendre le monumental escalier de scène vers le break Nevada de Le Roch. Tous en scène !

8
Début de crampe

– Tu es vraiment sûr que tu leur as dit huit heures ?

– Je sais bien qu'on n'a pas choisi les plus finauds mais ils savent lire l'heure.

– Qu'on soit bien clair, Francis… c'est toi qui as trouvé ces connards pas fichus d'exécuter un contrat du premier coup, moi j'ai seulement donné mon feu vert.

– D'accord, mais avoue que notre business ne se goupille pas si mal que ça ! Tu vas voir qu'une fois le fric en main, ils ne vont plus faire d'histoires.

– Mouais, dit-il en palpant son flingue sous son blazer.

Des pas de gros animaux disparus les alarmèrent. Ils se retournèrent pour voir à travers la vitre arrière de leur voiture débouler sur le trottoir deux types pressés qui s'arrêtèrent devant la porte du garage. La porte souffrit et s'ouvrit. Les deux hommes soignés sortirent de leur voiture et les suivirent dans le garage. La lumière se fit sur le quatuor.

– Qui... Oh monsieur Francis ! Vous avez failli nous foutre les foies. Vous venez juste d'arriver ?

– Nous vous attendions, Gromezky.

– Excusez pour le retard, monsieur Francis et monsieur...

– Euh... monsieur... Bator. Enchanté. Je tenais à vous voir car...

– Crapo, vise ça, le patron en personne vient nous voir ! C'est qu'on est devenus des gens fréquentables tout d'un coup. On peut savoir pourquoi, monsieur Bator, enfin peu importe, c'est sûrement pas votre vrai blaze, vous avez subitement une de ces envies de voir nos tronches ?

– Tout d'abord, il faut que je vous règle l'autre moitié de votre travail.

De sa serviette, il sortit une enveloppe brune bien replète qu'il tendit à Gromezky.

– Ensuite, j'aimerais vous faire part d'un changement de programme. La trop grande publicité et la meute policière qui est lancée dans cette histoire nous oblige à beaucoup de prudence.

– Arrêtez-moi si je suis trop con pour comprendre mais c'était bien dans nos objectifs de départ de faire parler de nous… Vous n'allez quand même pas me faire gober que vous vous êtes fait chier à imprimer les tracts du FAF juste pour faire travailler le petit artisanat…

Monsieur Pseudo-à-plein-nez et monsieur Francis se regardèrent pour chercher dans le regard de l'autre la vive inquiétude qui les gagnait. Ils pensaient avoir un contrat avec des bœufs, dociles laboureurs de peaux, mais ils n'avaient pas prévu qu'il pût y avoir parmi le troupeau un bœuf avec une âme, certes bien mal barrée mais une âme, capable de ne pas se faire entuber sans meugler par le conducteur du troupeau.

– C'est juste pour votre bien que je dis ça. Il faut suspendre le Grand Nettoyage avant de vous faire piquer par la police. Avec Kabalo, on a frappé un grand coup qui va porter ses fruits pour notre cause. Il faut patienter !

– Je rêve ou quoi ? T'entends ça, Crapo ! Monsieur Totor nous dit qu'entre nos oreilles, y a qu'une belle diarrhée et qu'on n'a pas pigé ce qu'on nous a dit.

– Cela ne sert à rien de s'énerver. C'est moi qui vous ai payé, qui vous ai équipés. Sans moi, vous n'auriez jamais pu mettre en pratique vos… nos idées. Mais c'est la même personne qui vous dit qu'il faut s'adapter aux circonstances. Je suis prêt à vous payer largement pour arrêter le Grand Nettoyage.

Pendant que son patron tenait le crachoir aux deux hommes de main, monsieur Francis chercha lui aussi à s'adapter aux circonstances bigrement foireuses en passant la main droite derrière sa veste, à la recherche de l'argument qui mettrait tout le monde d'accord.

– Pas question d'arrêter ! J'suis pas une lopette qu'on paye pour se faire mettre !

– Mais réfléchissez un peu !

– C'est tout réfléchi. Vous nous avez enflés avec vos belles paroles et puis voilà que ça se corse et hop ! Vous avez les super-jetons... Je garde votre matos et le Grand Nettoyage se fera, avec ou sans votre accord !

Gromezky sortit de son blouson magique un pétard qui grelottait. La prestidigitation n'était plus ce qu'elle avait été mais il était trop tard pour Francis et le boss pour se faire rembourser les places.

– La plaisanterie a assez duré. Tu encaisses le pognon et tu nous rends les armes !

Mesurant la liquéfaction progressive de Tabor, Francis avait décidé de prendre les négociations en main. Fini la causette de midinettes. Il ne voulait plus se faire dicter la loi par des crânes d'obus.

– T'as vu comment y nous cause, Crapo ? Vous pouvez toujours vous faire sucer pour récupérer l'artillerie !

Pétoché, Crapo se força à ricaner et pelota dans la poche de son blouson la crosse de son calibre. Fier comme un paravent, Gromezky s'avança pour provoquer Francis alors que Tabor expérimentait le «moonwalk» de Michael Jackson pour faire une retraite pépère. Le coup de sifflet final était imminent et Francis n'avait pas l'intention de jouer les prolongations. Il expédia son bon pied dans les parties d'extrême droite. Le géant hurla. Crapo ramena sa fraise et son flingue. Francis lui refit deux plombages mais n'eut pas le temps de se faire payer les honoraires : une des grosses paluches sanibroyeuses de Gromezky lui avait capturé le poignet droit et l'autre s'apprêtait à lui forer à coup de balles un tunnel dans le bidon.

Tabor avait profité d'une faille de l'espace-temps pour se désintégrer promptement et lâchement. Dans l'autre galaxie, agonisait son fidèle Francis.

* * *

– Alors, ça te plaît ?

En route vers le local, les commissaires politiques Lecouvreur et Le Roch entreprenaient méticuleusement la rééducation idéologique du petit rageur en lui boxant les tympans avec les coups de rasoir électrique des Angevins qui piquent, les Thugs.

Du Véronèse au chiasseux, la tête du petit colérique refaisait toutes les gammes du vert. Il savait que le garage n'était plus très loin et s'imaginait déjà coincé entre deux feux. Dire qu'il aurait pu être, avec papa et maman, à regarder *Le Petit Baigneur* sur la 6…

– On devrait pas tarder à le voir, votre bunker ?

– C'est la deuxième rue à gauche. Vous vous arrêterez devant le numéro 11. Mais je vous en prie, laissez-moi dans la voiture, j'ai pas envie de tomber sur eux…

Avec son air implorant, le petit soupe-au-lait aurait grillé la vedette à sainte Blandine dans le numéro des lions de l'Imperial Circus de Lugdunum.

Le Roch et le Poulpe n'y connaissaient rien en sainteté. Ils le catapultèrent de la voiture pour le conduire dans le garage. La porte était ouverte et la lumière était allumée. Ils rentrèrent derrière leur petit rempart humain.

Deux types avaient fait de l'*action painting* en se roulant dans le sang. Fallait chercher le concept. Cela ne ressemblait à rien. Les deux cadavres n'avaient pas eu le temps de laisser un titre pour la Biennale fatale de Venise. Après avoir constaté qu'ils tenaient encore leur pinceau à pruneaux, le Poulpe fit les poches. Sur le plus jeune, il trouva, entre autres, un permis au nom de Jean-Albert de Mansart.

– Alors, c'est lui ton noblion ?

Gabriel s'était retourné vers le petit aigri, scotché à Le Roch, qui piquait son phare blanc.

– Ouais. C'est bien lui... C'est Crapo.

– Et l'autre te dit quelque chose ?

– Non. Jamais vu avec eux...

L'autre corps bien figuratif était celui d'un homme plus âgé, la quarantaine. Avant d'avoir commis la faute de goût de se laisser perforer, il arborait la tenue d'un élégant homme d'affaires. Le Poulpe trouva sur lui des trousseaux de clés, un téléphone cellulaire et un porte-cartes. Pas de papiers d'identité. Des cartes bancaires au nom de Francis Vergnes. Une carte de la Fédération Française de Football donnant libre accès à tous les stades de France avec son nom et une photo d'identité. Gabriel se demanda si cette enquête était vraiment la sienne ou plutôt celle d'un destin qui, depuis le début, s'amusait à le trimballer comme du varech, au gré des marées. Pour l'instant, la haute autorité de l'Olympe lui faisait amorcer un autre virage. Cela devait bien être le troisième depuis que Le Roch l'avait contacté. D'abord, il avait fallu négocier le virage serré Kabalo, enchaîner ensuite avec l'épingle à cheveux Dope et Cie et, pour corser le tout, la chicane Skin-Fédération Française. Avec tout ce sang sur la piste, la course prenait l'allure d'un carambolage, mais le Poulpe entendait enfin le lointain mais sec claquement du drapeau à damiers qui l'attendait. Il prit les papiers. Cela ferait toujours du temps de gagné par rapport à la police. Dès demain matin, la FFF aurait l'honneur de recevoir le plus incompétent journaliste de foot depuis la création du championnat professionnel français, en 1932.

* * *

Il était plus de minuit lorsque Gabriel revint chez Cheryl. Tout le monde dormait. Cheryl et les peluches. Gabriel mit le volume en position cambrioleur et se replia vers la cuisine pour y apprivoiser son féroce appétit. Le pot de rillettes et quelques tranches de pain suisse devaient y parvenir. En lecteur boulimique, Gabriel chercha de quoi lire pendant qu'il nourrissait le fauve. Faute de pot de Benco devant lequel il s'hypnotisait au petit déjeuner avec les ingrédients et le règlement du dernier concours, il chercha dans son sac de voyage laissé dans le couloir le bouquin de madame Rians. Depuis son voyage retour, il n'avait pas eu l'occasion de goûter au *Cochon farci* d'Eugène Savitzkaya. Il ouvrit le livre sur la table de la cuisine aux pages 34 et 35. Pendant qu'il faisait disparaître les sandwichs, il relut machinalement une dizaine de fois les vers suivants :

« Que tout brille, que tout change, que tout
pue, tombe dans le seau à charbon
et moisisse déchet, fange, morceaux de moi-même,
cheveux de ma mère cuits dans le pain,
étincelante décharge du monde, écailles
de la mer dans les champs labourés, que tout
brille et meure dissipé... »

Il parvint ainsi à oublier les dernières heures poisseuses mais hérita à la place d'un abominable bourdon. Il jeta le pot de rillettes dans la décharge du monde puis regagna le lit de Cheryl. Il lui fallait une preuve. En posant une main sur les fesses de Cheryl, il sut que tout ne s'était pas dissipé.

***

– Bonjour madame... Alain Le Corner, reporter à *Contrepied.*

Gabriel présentait sa carte à l'une des dames de l'accueil. Malgré son allure distinguée-Rodier et son regard ennuyé, elle piocha un sourire qui dépassait largement la longueur syndicale.

– Vous avez rendez-vous ?

– Oui, avec monsieur Francis Vergnes.

– Attendez, je vais voir...

Elle revint encore plus ennuyée.

– Vous êtes sûr que vous vous êtes pas trompé de nom ou de fédération ? Votre Vergnes, il n'est pas à la Fédération Française des Fantômes, par hasard ?

Bien tassée, la répartie, se dit Gabriel. Ça remplaçait le petit noir qu'il n'avait pas eu le temps de prendre.

– C'est vrai qu'avec une belle apparition comme vous on pourrait se tromper…

Elle laissa échapper un rire presque enfantin mais resta distinguée.

– Nous avions rendez-vous dans le hall à dix heures trente. Je vous en prie, vérifiez.

Elle se tourna vers une collègue.

– Léa, monsieur attend un certain Francis Vergnes. Est-ce que cela te dit quelque chose parce que, pour moi, il ne travaille pas dans les bureaux.

– Monsieur Vergnes, bien sûr qu'on le connaît par ici ! C'est l'adjoint de monsieur Tabor. On les voit souvent par ici. Ce ne sont pas des cadres de la Fédé mais ils sont en affaires avec nous. Monsieur Tabor est un agent sportif, un recruteur hors pair. C'est quand même bizarre qu'il vous ait donné rendez-vous ici.

Achtung Minen ! Gabriel devait enchaîner un beau service-volée.

– J'en sais rien si c'est bizarre ou non, parce que je ne l'ai jamais vu, ce monsieur. La rédaction de mon journal m'a simplement arrangé ce rendez-vous pour un prochain dossier sur le recrutement. Est-ce que vous pourriez me donner un numéro de téléphone pour savoir s'il n'a pas oublié notre rencontre ?

Léa avait pris le relais de la belle apparition et, tout en affichant une retenue soupçonneuse quant aux intentions de ce journaliste égaré dans le hall sans ses parents, fit de brèves recherches.

– J'ai seulement le numéro de monsieur Tabor, celui de son portable. Ça vous va ?

Dans sa veste, le Poulpe ne trouva qu'un billet

TGV pour noter les chiffres lus par la secrétaire, le calepin guingampais était resté rue Popincourt. Il n'eut même pas le temps d'avoir honte pour le discrédit qu'il pouvait porter à la profession. Après tout, PPDA se permettait d'évoquer en face du prompteur l'éthique du journalisme...

9
Comme à l'entraînement

Le repas avec les dirigeants du Manschaft SV s'achevait. Pour le café, il prévoyait la signature d'un Ghanéen très corsé et puis, avec un peu de bagout, il pensait servir le pousse-café avec un Togolais très prometteur. Tabor avait la vue sur le carrefour et l'École militaire. Uwe et Manfred n'avaient même pas mentionné l'absence de Francis.

Tant mieux, car il avait peu dormi après le Fort Apache où Francis avait laissé sa peau, non pas tant à cause de la douleur de perdre un partenaire de longue date, mais plus par le souci de voir couler sa belle entreprise par la faute d'un grouillot disjoncté. D'ailleurs, il n'avait pas trouvé encore de version satisfaisante à fournir à la police pour expliquer la mort de son adjoint et surtout sa présence aux côtés d'un skinhead. Il comptait beaucoup sur la signature des contrats pour l'aider à retrouver la bonne carburation intellectuelle qui, jusqu'à maintenant, lui avait permis de naviguer dans la purée de pois du monde du foot.

***

Avant de prendre rendez-vous avec Tabor, le Poulpe s'était lancé dans une revue de presse en téléphonant à quelques journaux sportifs, obtenant ici ou là, selon leur bon vouloir, quelques informations sur l'agent sportif : les rédactions n'avaient pas beaucoup de temps à perdre avec les demandes d'un particulier ; même s'il s'agissait de celles d'un étudiant en maîtrise de gestion du sport. Au téléphone, il pouvait être, malgré ses trente-huit ans de redoublant chenu, un étudiant crédible. Avec ce qu'il savait désormais, il ne pouvait pas écrire une monumentale biographie mais il était préparé à le marquer à la culotte lorsqu'il le rencontrerait. Ancien libero concasseur du Stade rennais puis préretraité casse-tibias aux Chamois niortais en deuxième division, avant de devenir entraîneur des Cobras cracheurs de Ouagadougou puis des Lionceaux colériques de Brazzaville, il était depuis cinq ans un intermédiaire incontournable sur le marché français, voire européen, spécialisé dans le recrutement de jeunes et talentueux joueurs africains. Il avait réussi à placer ses joueurs dans quelques clubs de première division où ils offraient toute satisfaction à leurs employeurs. En fin de compte, la reconversion réussie d'un défenseur sans génie, jamais sélectionné en équipe de France, dans le nouveau commerce de l'ébène.

Gabriel n'aimait pas parier mais exceptionnellement et sans se faire tirer les cartes par Guy Lux, le roi des pronostiqueurs, il aurait bien tout misé dans la deuxième sur le tiercé Tabor-Vergnes-Kabalo. Gabriel se moquait volontiers du goût de Cheryl pour les horoscopes mais savait interpréter les conjonctions de désastres.

À Guingamp, on serait capable de lui dire si le Grand Devin Lecouvreur ne s'était pas trompé. Il ordonna le réveil de son agent dormant en Bretagne. Alors que Gabriel venait, par son coup de fil, d'interrompre le taillage de ses haies, Rians lui promit de lui communiquer rapidement la réponse après une brève collecte de renseignements. Dix minutes d'attente suffirent au Poulpe pour voir enfin la transformation de son essai : c'était bien Tabor qui avait recruté Marcel Kabalo en Côte-d'Ivoire et qui l'avait vendu à Guingamp avant le début de la saison. Plus de ratiocination. Le moment était venu de faire charger la brigade légère. Gabriel voulait faire sa place dans l'agenda surchargé de Tabor et le plus tôt possible.

* * *

– Bonjour, monsieur Tabor !

Tabor ne débranchait surtout pas son téléphone au restaurant. La reconnaissance lui avait tellement manqué dans son enfance de fils de paysan de Domloup, à côté de Rennes, qu'aujourd'hui il en profitait.

– Bonjour. À qui ai-je l'honneur ?

– Alain Le Corner, journaliste. J'enquête sur les transactions du foot pour un nouveau magazine et j'aurais voulu obtenir un rendez-vous.

Gabriel avait abordé l'entretien avec un ton très candide pour mieux endormir son interlocuteur.

– Écoutez, monsieur... Voyez-vous, je suis en repas d'affaires, alors prenez contact avec ma secrétaire.

Les Allemands discutaient à voix basse et ça l'énervait autant que ce journaliste.

– Ou bien alors avec votre adjoint, monsieur Vergnes… enchaîna mielleusement le Poulpe.

– Monsieur, on m'attend, alors nous en reparlerons.

– Soyez pas inquiet, je serai très bref. Ce rendez-vous vous sera aussi profitable qu'à moi. J'aurais, entre autres, des choses très intéressantes à vous dévoiler sur monsieur Vergnes.

Pour le coup, le Poulpe avait franchement déniaisé le ton employé jusqu'alors : le candide journaliste-stagiaire avait pris du galon et de la burne. Il reprit sabre au clair :

– Il serait du plus grand intérêt pour vous de venir cet après-midi à seize heures place d'Italie à La Tête dans les nuages, juste au-dessus des salles Gaumont. C'est une salle de jeux vidéo. Vous vous installerez sur la console de foot à droite de l'entrée. Prenez l'équipe d'Argentine. À tout à l'heure.

Gabriel voulait un endroit clair et très fréquenté mais avant de téléphoner, il n'avait pas choisi encore de lieu précis. Ça lui était venu spontanément : il y amenait les cousins du Maine-et-Loire de Cheryl chaque fois qu'ils venaient à Paris. Le Poulpe connaissait très bien la console de foot pour y avoir remporté au moins une dizaine de Coupes du Monde avec la Squadra Azzura. Y rencontrer Tabor, c'était comme jouer à domicile, mais il imaginait la tête de l'homme d'affaires, plus habitué aux restaurants discrets, après cette proposition insolite : quel est ce toqué qui veut me rencontrer devant un écran vidéo en secouant frénétiquement un manche ?

Tabor s'excusa auprès des deux Allemands qui eux, s'excusèrent de ne pas donner leur réponse tout de suite sur les deux joueurs africains. Sans se départir du sourire grande surface qui lui avait été livré avec son costume Cerruti, Tabor eut envie d'égorger Manfred, Uwe et le journaliste déjanté.

Lui qui avait enduré la bourgeoise retenue des collégiens de Saint-Vincent-de-Rennes, lui qui n'avait pas voulu reprendre la ferme familiale avec ses vingt taurillons et quinze génisses, lui qui avait eu honte de son père et des patoiseries dont il avait hérité, lui qui avait su faire sa place au Stade rennais en interprétant le rôle du méchant, celui du défenseur retors et gueulard ventilant tous les rôdeurs hors de la surface de réparation, lui qui avait connu l'humiliation d'une fin de carrière de moissonneur de tibias en D2, lui qui avait forcé sa chance en Afrique, lui qui avait su dribbler avec les fiertés et cabales des dirigeants des Lionceaux colériques de Brazzaville et des Cobras cracheurs de Ouagadougou, lui qui avait échappé aux mauvais sorts, aux amibes, aux chaudes-pisses, lui qui avait sacrifié deux femmes et deux enfants, lui qui était sorti de tant de marigots, lui qui avait monté sans assistance son entreprise de ressources humaines, lui qui avait vendu son âme à des dizaines de diables, lui qui avait étalé plusieurs couches de trahisons bien coulantes, d'épais mensonges et de malhonnêtetés hautement caloriques sur sa tartine de petit paysan élevé dans la crainte du péché, lui qui était passé du côté obscur de la farce de la vie, il n'allait pas nourrir de remords pour les morts dont il était responsable, il n'allait pas pleurnicher sur le sacrifice de Francis, il n'avait pas à avoir peur de ce journaleux aux manigances florentines. Il fallait venir à cette rencontre, non par faiblesse, mais pour donner un sursaut à sa vie, pour se relancer, pour montrer que Tabor avait été livré avec l'option anticorrosion. Ne pas céder aux difficultés. Encore et toujours le paysan soc en avant.

* * *

Le Poulpe avait une bonne vue sur l'escalator menant au premier étage. Un homme en costume qui emprunterait ce passage se distinguerait forcément des flottes intergalactiques d'adolescents cherchant à sauver la planète des tarentulors et de l'acné. Gabriel voulait surtout s'assurer que Tabor ne venait pas accompagné d'un massif de gardes du corps au physique alpin. Il ne savait pas quel était exactement son rôle dans cette affaire mais ce n'était pas une raison pour Gabriel de se jeter à l'assaut de la deuxième moitié de terrain sans laisser la méfiance et la prudence couvrir à l'arrière.

Un homme de taille moyenne mais bien rembourré arriva au pied de l'escalator. À sa montre, Gabriel vit qu'il était moins cinq. L'homme, qui donnait dans la cinquantaine vigoureuse, portait un costume couleur défense un peu chiffonné dans le dos mais de qualité supérieure. Avant que l'escalier n'accouche sans douleur du présumé rencart, le Poulpe put observer son profil en ascension consolidé par une mâchoire serrée qui aurait pu faire la nique à celle d'un Bernard Hinault dans l'Alpe-d'Huez par l'odeur du Lemond alléché : pas de doute, se dit Gabriel, c'était bien le visage d'un ancien défenseur, un défenseur de rires, pas une rondeur amusante, que des segments orientés et ascétiques.

– Je ne vois pas de défenseurs barbus, mais c'est bien l'équipe d'Argentine que vous avez sélectionnée.

Le Poulpe se tenait derrière Tabor, assis aux commandes des onze gauchos pas gauchers. Il s'installa à côté de lui puis les deux hommes se serrèrent la main avant de serrer leur manche : Italie-Argentine pouvait commencer. En se chaussant ce matin, Gabriel n'avait pas pensé à la bonne longueur de crampons.

– À quel journal appartenez-vous, monsieur Le Corner ?

De sa voix tranquillement éraillée, Tabor s'adressa à Gabriel sans quitter des yeux l'écran : l'ailier gauche argentin avait réussi à lober son vis-à-vis et se préparait à centrer sur la tête du numéro 9.

– C'est un jeune magazine qui étudie beaucoup les à-côtés du football, vous n'en avez sûrement pas entendu parler, il s'appelle *Contrepied*.

Gabriel n'avait guère envie d'en dire plus, tant il était préoccupé par la réussite du dégagement au poing de son longiligne gardien. Le ballon passa juste au-dessus des frisettes du goal, glissa sur le genou du 9 et rentra dans le cabas italien : un vrai but de bonne sœur, se dit Gabriel. Italie 0-Argentine 1.

– Effectivement, jamais entendu parler de ce fanzine pour étudiants… Bon. Venons-en aux faits, qu'avez-vous de si important à me dire à propos de monsieur Vergnes ?

Non content d'avoir ouvert le score en moins de trente secondes, Tabor mettait la pression sur le Poulpe. Il dut dégager en tribunes.

– J'ai découvert que votre associé était en relation avec de drôles d'individus que je soupçonne être les responsables de la mort de Kabalo, dont vous étiez l'agent.

Le tir croisé d'un joueur italien avait frappé la barre transversale. Les Argentins parvinrent à relâcher l'étreinte de la Squadra Azzura.

– J'ai peur de ne pas comprendre. Sur quoi fondez-vous votre scénario délirant ?

Goooooal ! Goooоal ! L'Argentine avait doublé sur un coup franc bien brossé. Italie 0-Argentine 2.

– Il se trouve que monsieur Vergnes a été vu pour la toute dernière fois dans le local du Foot Aux Français. Je puis vous assurer que, vu le carton d'invitation qu'on lui a arrangé dans le buffet, c'était sa dernière sortie publique.

L'avant-centre italien s'enfonça mollement dans la pampa de réparation argentine et envoya son colissimo dans la lucarne. Tabor avait lâché la manette avant l'exploit du Poulpe. Italie 1-Argentine 2. Score final. Avec ces Argentins, les Italiens tombaient toujours sur un osso bucco.

La palette graphique de Tabor s'affolait, faisant défiler sur son visage un dégradé de vert anglais constipé.

– Si ce que vous dites est avéré, pourquoi n'en avez-vous pas informé la police ?

Sans suivre les enseignements d'un sage chinois

aveugle, le Poulpe, grand scarabée, avait peaufiné l'art de répondre à une question par une autre question.

– Quand l'avez-vous vu pour la dernière fois ?

– Monsieur Le Corner, je trouve vos méthodes très douteuses et il me paraît très grave que vous puissiez ainsi cacher des vérités à la police.

– Monsieur Tabor, j'essaie simplement de débroussailler le terrain avant que la police ne cadenasse tout.

Tout en plongeant une main dans la poche gauche de sa veste, Gabriel enchaîna :

– À l'heure actuelle, la police a sûrement découvert le corps de votre ami ainsi que celui du skinhead avec qui il a échangé le dernier sacrement. Quant à l'identification, cela ira sûrement plus vite avec ça…

Le Poulpe tendit le portefeuille de Vergnes à Tabor.

Celui-ci l'ouvrit et la retenue qu'il affichait alors en tête de rayon en pâtit largement. Une sainte espagnole se chopant des stigmates dans un halo de lumière pour publicité céleste n'aurait pas mieux joué la scène de l'effroi exquis.

– Je peux simplement vous dire qu'avec Francis, nous devions rencontrer ensemble ce midi des interlocuteurs allemands. Il n'est pas venu comme prévu. La dernière fois que je l'ai vu, cela doit remonter à hier après-midi. Il m'avait fait part d'un coup de fil mystérieux qu'il venait juste de recevoir à propos de l'affaire Kabalo et qui lui promettait des éclaircissements sur la mort de notre joueur. Il devait y aller dans la soirée et ensuite me faire son rapport. Je me suis donné jusqu'à cet après-midi avant d'avertir la police.

– Cela vous arrive souvent d'envoyer ainsi votre adjoint au casse-pipe ?

Avec le geste auguste du semeur de leurres, Tabor s'appliquait à dérouler son tapis d'arguments bien cousus. Trop bien cousus, se dit Gabriel. Il ne voulait pas qu'il reprenne confiance pour l'enrouler comme un de ses clients, et allait ainsi tâter d'un peu de chamboule-tout.

– Mon adjoint voulait se charger personnellement de ce rendez-vous. C'était un homme mesuré et prudent. Jamais il ne serait déplacé sans un minimum de précautions, et puis le milieu du foot n'est pas fait que de gentils benjamins. Nous avions déjà eu à vivre des situations risquées.

– Les rencontres avec les milieux skins appartenaient à ce genre de risque ?

– Non, je ne pensais pas à ça. Auparavant, je n'avais jamais eu affaire à ces personnes et plus précisément avec le FAF.

Il réajusta son nœud de cravate, pensant que le journaliste aux manières de gangster avalait gentiment son récit aux fruits entiers.

– Faisons les comptes. Dans cette histoire, deux cadavres vous sont directement liés, votre adjoint et Kabalo dont vous étiez l'agent. Il y a donc fort à parier que vos intérêts, votre personne, sont menacés et bien sûr tous les joueurs étrangers du championnat, particulièrement ceux dont vous êtes l'agent. On pourrait éviter d'autres morts si vous vous montriez coopératif. Le FAF n'est pas mort avec ce skin qu'on a trouvé au côté de votre adjoint.

Il y a fort à parier qu'ils ne vont pas en rester là.

Tabor dut tirer sur ses rênes pour ne pas éclater de rire devant ce bon gros boa qui semblait gober une version grosse comme un semi-remorque. Oh non, il n'était pas sorti de la panade, mais il sentait qu'il évitait encore le vestiaire des vaincus où l'on essaie de décrasser sa défaite avec du Tahiti Douche.

– Je ne sais pas dans quelle mesure je peux vraiment vous faire confiance, et surtout j'ai du mal à cerner quel est exactement votre rôle dans tout cela : journaliste très fouineur ou justicier venu du fin fond de la nuit ?

– N'ayez pas peur pour votre costard, je ne vais pas le zébrer à la pointe de mon bic. Peu importe ce qui me fait avancer dans ce brouillard de fumigènes, mieux vaut pour vous m'avoir pour allié. Dans le cas contraire, on me rangerait dans la catégorie espèces très nuisibles et avec mon stylo, je peux faire très mal.

Gabriel était déçu de ne pas avoir insufflé à sa tirade de reporter sans peur et sans pare-balles la conviction suffisante pour faire davantage parler Tabor et surtout pour inquiéter cet affairiste trop calme qui semblait prendre quelque plaisir à attirer l'antipathie. De toute façon, ce qu'il cherchait avec lui, c'était un contrat à durée déterminée. Pas plus.

– Avant la mort de Marcel, qui nous a terriblement secoué, Francis et moi, il n'avait pas été question de quelque menace que ce soit à l'encontre de nos joueurs, ou de nous. Mon nom est une référence pour le recrutement de joueurs africains et, au-delà de la tristesse que je peux ressentir suite à ces assassinats, je n'ai pas l'intention de laisser faire ce mitraillage de mon fonds de commerce, enfin, de mes joueurs. Si vous êtes prêt à noter, je vais vous donner la liste des joueurs dont je suis l'agent et que j'ai recrutés en Afrique.

Comme Gabriel n'avait pas eu le temps de faire un tour à la papeterie pour pigistes négligents, il n'avait toujours pas de calepin et dut utiliser ce bon vieux billet TGV qui lui avait déjà servi à écrire le numéro de Tabor.

– Alors, on va commencer avec Auxerre, j'y ai placé deux joueurs, Youssouf Diagona et Olivier Bandiagara, deux joueurs aussi à Nantes avec Jean-Louis N'Markala et Bertrand Sikasso M'Pelé, Momo Traoré à Bordeaux, Ibrahim Coulibali au Havre, Al-lain Mekalala à Lyon et enfin Moussa Djeté à Marseille. Ça fait du monde à surveiller, n'est-ce pas ?

Tout Poulpe qu'il était, Gabriel Lecouvreur n'écrivait qu'avec un tentacule et celui-ci était au bord de l'apoplexie. Il imaginait aussi très bien Tabor en négociant poudré du port de Nantes au XVIIIème se faisant lire dans son salon de l'île Feydeau des contes philosophiques de Voltaire, et de son bureau tapissé de mappemondes, commandant aux capitaines de ses navires d'aller sur la côte guinéenne enfourner pour les Indes occidentales ces esclaves au teint de charbon. On n'avait pas attendu l'invention de la mondialisation pour la pratiquer tout aussi cyniquement.

– Je vois ça. On peut dire que vous avez trouvé un créneau juteux dans la petite industrie du genre afroalimentaire, mais il faudra bien commencer par un de ces clubs.

À son niveau stratosphérique de sagesse, Gabriel maîtrisait l'art de se défaire de la honte et surtout de celle inspirée par ses saillies plus bâclées que drolatiques.

– Il faudra faire vite, monsieur Le Corner. Ce soir, il y a un match avancé au Parc des Princes entre le PSG et Bastia. PSG peut déjà empocher le titre de champion de France. Demain soir auront lieu les autres matchs. Pour ce qui concerne mes joueurs, Marseille reçoit Cannes, Lyon se déplace à Lille, Le Havre joue à Metz, Bordeaux reçoit Rennes, et puis la plus grosse concentration de mes joueurs est la rencontre entre Auxerre à domicile et Nantes.

Les deux hommes ne supportaient plus l'atmosphère chaude et mercurienne de la planète Sega. Alors qu'ils avaient commencé le compte à rebours, ils se promirent en jurant intérieurement sur la tête de leur pire ennemi de se tenir au courant. Il était aussi convenu que Tabor se présentât à la police pour établir des recherches au sujet de Francis Vergnes sans qu'il fasse allusion au rôle d'un quelconque journaliste. Gabriel s'était retenu de mettre sur la console les soupçons de dopage qui pesaient sur Marcel Kabalo. Il savait où était la priorité dans son enquête et puis il était sûr que ce margoulin ne lui lâcherait rien à ce sujet, si ce n'est le couplet « mes joueurs sont assez grands pour prendre leurs propres responsabilités et pour que je ne sois pas toujours derrière eux ». Le Poulpe se promettait de noter cela sur un Post-it fluorescent de quatre mètres sur quatre.

Tabor transperça le premier la couche atmosphérique en oubliant de réclamer à la caisse la Coupe du Monde que les Argentins avaient logiquement gagnée.

Le réalisme n'est plus ce qu'il était.

10
Tout seul dans la surface

– SIXIÈME BUT POUR PARIS-SAINT-GERMAIN, TARIK BEN YAGOOOUUUB !!!

Hurlant dans la sono du stade, le speaker du Parc extériorisait son bonheur, sans pitié pour le matériel.

– POUR PSG, HIP HIP HIP...

Le festival offensif de ce soir y était pour beaucoup : six buts, dont quatre du dénommé Tarik, contre un généreux penalty aux malheureux Bastiais, ce n'était plus arrivé au club de la capitale depuis un paquet de matchs. Le public déchaîné, debout sur les sièges, reprit docilement en chœur :

– HOURRA !

Simple, mais toujours efficace. Un méga-larsen et vingt secondes plus tard, le ballon circulait à nouveau sur la pelouse, sous les vivats prolongés de la foule aux anges.

– Ah, y sont bons ce soir ! Pas trop tôt, hein ?

Debout entre un agent du recouvrement du Trésor public à casquette et un représentant en produits diététiques lyophilisés à écharpe, Gromy, immobile, opina du bonnet, qu'il portait enfoncé jusqu'aux sourcils. Il n'avait absolument rien à foutre de la bonne forme actuelle des Parisiens : il avait réussi à pénétrer dans l'enceinte du Parc, c'est tout ce qui lui importait pour le moment. En y repensant, il se dit que les contrôles à l'entrée, c'était vraiment de la rigolade. Avec une barbe de trois jours et un calot en laine aux couleurs du club masquant son crâne rugueux, il avait réussi à berner le service d'ordre. On lui avait retiré sa bouteille de Vittel en verre, amenée pour faire diversion, et la lame planquée bien au chaud dans sa ranger était passée comme une lettre à la poste. Des vrais amateurs.

– Ah ! Ce Ben Yagoub, quel phénomène, tout de même !

L'homme à l'écharpe admirait visiblement l'Algérien.

– Y a des Français meilleurs, lâcha Gromezky, agacé.

– Ouais, mais y jouent à l'étranger.

– C'est pas une raison pour toujours aller chercher des bougnoules et des nègres, s'énerva Gromy. Tous des fainéants et des profiteurs. On les paye comme des stars, ces internationaux de pacotille, on voit les résultats de leurs équipes nationales. Tout ce qu'ils font, c'est empêcher nos jeunes joueurs d'entrer sur le terrain et leur piquer leur place. Ces races-là, c'est tout ce qu'elles savent faire, des vraies sangsues, et pas seulement au foot...

Gromezky reçut une bourrade dans le dos. Un gros moustachu rougeaud lui lançait un regard noir.

– On se calme, le grand ! menaça-t-il. C'est à cause de mecs comme toi qu'on passe pour des bœufs. T'aime pas les joueurs étrangers ? Va rejoindre tous ces pauvres Français qui payent trop d'impôts et qui se sont tous barrés de chez nous. Et arrête de nous gâcher notre plaisir. Ce soir, on va récupérer notre titre de champion, alors reste chez toi si t'es pas heureux.

Le skin coiffé, sentant l'hostilité autour de lui, obtempéra. Il s'éloigna en bousculant la rangée de spectateurs sur son passage. Il se rapprocha du kop de Boulogne, là où il avait passé quelques heures mémorables, avant de se faire jeter pour son extrémisme par des minables impressionnés par le «nous allons prendre des mesures draconiennes» des dirigeants du club dépassés par les débordements de ces supporters un peu trop enthousiastes.

Gromy s'arrêta à quelques mètres de ses ex-camarades de jeu et se replongea dans ses pensées. Son esprit revenait sans cesse à l'épisode sanglant du local. Il avait beau retourner le problème dans tous les sens, plus il y réfléchissait, plus la solution lui apparaissait dans son évidente simplicité : il s'était fait entuber sur toute la ligne. Le dénommé Francis les avait utilisés, lui et Crapo, sur les ordres de ce Bator, qui tirait visiblement les ficelles. Un sans-couilles, disparu dès les premiers signes de danger. Gromezky se dit qu'un jour, il faudrait s'intéresser de plus près à ce type-là. Plus tard. Après le Grand Nettoyage, plus que jamais d'actualité dans les plans du purificateur des surfaces. L'élimination de son comparse n'avait en rien entamé la foi de Gromy, et le FAF, malgré une perte de 50 % de ses effectifs, poursuivrait son grand dessein. Le processus allait même sérieusement s'accélérer en cette fin de saison : il restait cinq journées avant la fin du championnat, il fallait donc frapper vite. Dès ce soir, au cours de ce PSG/Bastia avancé pour cause de retransmission télé.

Gromezky se reconcentra, essayant d'oublier l'altercation avec le moustachu. Encore un qui ne perdait rien pour attendre. Le skin releva les yeux vers le chrono du stade. Encore cinq minutes. Une dernière fois, il observa minutieusement le champ de bataille et les forces en présence.

Tout autour du terrain, la plupart des agents de la sécurité du club oubliaient leur boulot et n'avaient d'yeux que pour leurs héros en short. Sauf ceux placés dans le virage de Boulogne. Par groupes de cinq, espacés tous les dix mètres, ils surveillaient les vociférations du kop. Gromy savait que ce soir, les grilles du terrain seraient ouvertes de ce côté-là en cas de victoire de Paris. Les responsables parisiens avaient misé sur la bonne foi des plus bouillants supporters leur ayant affirmé vouloir fêter l'événement sans grabuge... Ce qui n'empêchait pas la présence des flics, un peu partout, en tenue ou en civil, dans les tribunes et au bord de la pelouse. Flics qui essayaient de ne pas marcher sur les pieds des photographes, preneurs de vue, de son et autres hommes aux micros d'ambiance squattant la ligne blanche. Par endroits, ça frisait carrément l'embouteillage et certains points du stade auraient mérité d'être gérés directement par Rosny ; quant au banc de touche du PSG, même Bison Futé en aurait bouffé ses cornes tant on se bousculait autour à l'approche du coup de sifflet final. Le grand carnaval médiatique allait pouvoir commencer.

Comme pour donner sa bénédiction, l'arbitre emboucha son sifflet pour trois longs coups libérateurs, et tout le Parc des Princes chavira dans un gigantesque grondement d'allégresse. Le speaker en profita pour achever les derniers haut-parleurs encore résistants.

– MESDAMES ET MESSIEURS, PARIS EST CHAMPION DE FRAAAANCE !!!

Sur le terrain, les joueurs levaient les bras au ciel, se sautaient dessus, s'embrassaient, couraient vers leurs supporters, pendant que le sempiternel *We are the champions* de Queen résonnait puissamment dans l'enceinte du Parc et martyrisait les oreilles des spectateurs. La cohorte des journalistes fondit sur les joueurs, à la manière d'un Kostadinov sur un Lama en ces mêmes lieux un soir de drame national pour le football français. Presque au même moment, un steward du kop s'apprêtait à manœuvrer les grilles du virage Boulogne pour laisser les supporters communier avec leurs idoles à crampons. Gromy se glissa parmi les fidèles, avec une idée bien à lui sur la façon de procéder à l'eucharistie footballistique.

En quelques secondes, les grilles déversèrent sur le gazon un flot ininterrompu de fans colorés de bleu et rouge, qui vinrent ajouter à la pagaille générale. Les joueurs avaient entamé un tour du stade, péniblement suivis par des journalistes nettement moins entraînés qu'eux, les plus rusés s'étant arrêtés à la hauteur du staff technique.

– *WEEE AAARE THE CHAAAMMMPIONS…*

Gromy courait au petit trot, derrière un groupe entourant Ben Yagoub et le gardien du PSG. Le buteur algérien s'arrêtait tous les trente mètres pour saluer les spectateurs restés dans les tribunes, les deux poings levés, un large sourire illuminant son visage, puis repartait, la meute toujours à ses basques. Gromezky se rapprocha petit à petit des deux joueurs à coups de coude bien sentis. Il déséquilibra volontairement un reporter de *Canal* +, le retint par le blouson, s'excusa vaguement et le relâcha, après lui avoir arraché son badge officiel dans le même mouvement. Puis il s'éloigna rapidement du type, qui n'avait rien vu.

La petite troupe entamait maintenant un virage derrière les buts, et avait entrepris de porter les deux Parisiens en triomphe. Le goal dominait déjà tout le monde et s'agrippait comme il pouvait aux bras tendus vers lui, déracinant aussi au passage quelques touffes de cheveux des têtes que ses mains rencontraient.

– *WEE AAARE THE CHAAAMMPIONS !*

Gromezky, arrivé derrière Ben Yagoub, aida des fans autour de lui à hisser le joueur au-dessus de la mêlée, puis resta dans son dos, le soutenant par les fesses. On n'était plus loin des bancs de touche. Encore quelques mètres et la jonction serait faite avec le reste des envahisseurs de terrain. Gromy passa à l'action. Il lâcha soudain Ben Yagoub, simulant une chute, s'accroupit, sortit son cran dans la foulée et se redressa aussitôt. L'Algérien commença à partir en arrière, mais Gromezky le réceptionna, et lui fit rétablir l'équilibre en le saisissant par les hanches. La lame jaillit alors de son manche et, dans un vigoureux mouvement de poussée vers le haut, le tueur l'enfonça d'un coup sec sous le maillot du footballeur, juste sous les reins. Ben Yagoub hurla, mais Freddy Mercury était plus fort que lui.

– *NOOO TIME FOR LOOOOOSERS...*

Autour des deux joueurs, on n'avait encore rien remarqué et la marche triomphale se poursuivit. Gromezky lâcha définitivement sa victime et fila droit vers la sortie. Ben Yagoub s'affala, la main cherchant dans son dos à arrêter la souffrance inexplicable.

–... *'CAUS WEEE AARE THE CHAAAMPIONS...*

Le skin accrocha vite fait le badge de presse, et se faufila à travers tout un paquet d'officiels. À la hauteur du couloir d'entrée des joueurs, il tomba sur le dos d'un preneur de son, et le dépouilla en cinq secondes de son matériel. Il ôta rapidement son bonnet, se coiffa du casque et, perche en avant, pénétra dans le couloir sans hésitation.

–...*OF THE WOOOOOORLD.*

Le regretté Freddy en finissait enfin avec son classique des stades, au moment où Gromesky atteignait une des portes donnant sur l'extérieur. Elle était aux trois quarts masquée par un malabar engoncé dans un blazer étriqué. Le garde-chiourme fronça les sourcils et se campa sur ses deux grosses jambes, les bras professionnellement croisés sur une poitrine bombée. Il cherchait la meilleure formulation pour demander à ce technicien ce qu'il foutait là mais n'eut pas le temps de la trouver : il se prit un micro dans l'œil, ce qui lui arracha un douloureux cri de surprise, la mousse de l'instrument lui polissant la pupille. La perche métallique suivit le mouvement et lui écrabouilla l'entrejambe, ce qui lui arracha un surprenant cri de douleur. Une grosse claque sur la joue l'envoya s'affaisser piteusement sur le sol, d'où il regarda sans un mot ce preneur de son troisième dan s'échapper dans la nuit.

– (Criiiiiiiiiic) MESDAMES ET MESSIEURS, NE QUITTEZ PAS LE STADE, NOUS ALLONS VOUS OFFRIR DANS QUELQUES INSTANTS UN FEU D'ARTIFICE...

Allongé sur l'herbe verte, Tarik Ben Yagoub voyait déjà des étoiles. Une à une, elles s'éteignaient.

11
Sauvetage en catastrophe

C'était le lendemain de la rencontre avec Tabor, le lendemain d'une soirée passée à se triturer les méninges, le lendemain d'une nuit sans Cheryl. Gabriel avait grand besoin de revoir quelques visages amicaux et d'entendre des voix familières. Il opta pour un café et des tartines à la Sainte-Scolasse.

– Salut la compagnie ! lança-t-il gaiement en entrant dans son resto favori.

La compagnie s'élevait à trois unités, Gérard, Maria et un jeune homme aux cheveux jaune paille dont le visage disait vaguement quelque chose à Gabriel. Et la compagnie le salua en silence, ce qui l'inquiéta un peu, connaissant le bagout du patron et les réparties de sa femme. Et puis, il était un peu de la famille, merde ! Ça voulait dire quoi, ces gueules d'enterrement ?

– Bon, qu'est-ce que j'ai fait, encore ? s'énerva Gabriel tout en refermant la porte et s'approchant du comptoir. J'ai pas prévenu que j'rentrerai tard ?

Gérard haussa les épaules et posa ses deux grosses mains sur le zinc.

– T'es au courant, j'imagine, pour hier soir ? fit-il mystérieusement. C'est en plein dans ton enquête.

Le Poulpe fronça des sourcils. Il ne voyait pas en quoi son enquête pouvait être concernée par la veille au soir. Gérard leva les bras au ciel devant la mine troublée et le silence de Gabriel.

– Il sait pas ! Il sait pas ! Mais qu'est-ce qui m'a foutu un pareil investigateur ? Maria, montre-lui *le Parisien.*

Gabriel saisit le journal des mains de la belle Catalane et lut le gros titre :

« PSG champion de France ! »

– Et c'est ça qui vous met dans des états pareils ? s'étonna Gabriel. Franchement, vous me décevez. C'est pas parce que je baigne en ce moment dans le foot que je vais me transformer en afficio…

– Lis ! Mais lis tout ! le coupa Gérard.

Lecouvreur regarda à nouveau la une du quotidien. Sous le gros titre, en légende d'une photo pleine page de Ben Yagoub, une simple phrase :

« Le rire et les larmes pour les Parisiens : Tarik Ben Yagoub, l'artisan de la victoire, poignardé par un inconnu. »

Suivait une invitation à lire en page 2, que le Poulpe accepta aussitôt. Il y lut le récit de la fin du match contre Bastia, l'envahissement par les supporters, la cohue qui s'ensuivit, le coup de couteau sur le joueur parisien. Et la revendication par le FAF, dans l'heure, par un simple coup de fil aux rédactions parisiennes. Le joueur était en soins intensifs à Cochin, et n'était pas encore tiré d'affaire.

Gabriel referma le journal. Comme il l'avait annoncé à Tabor, le groupuscule continuerait. Et cette fois, le joueur n'avait aucun rapport avec l'agent recruteur, tout du moins ne figurait-il pas dans la liste fournie la veille.

– Alors ? fit Gérard. C'est bien les mêmes fêlés que pour Kabalo et Schumacher, non ?

– Ouais, admit le Poulpe. Et il semblerait bien que les joueurs africains soient la cible privilégiée du FAF. Il y a peut-être une raison…

Le jeune homme aux cheveux jaunes s'approcha timidement de Gabriel.

– Excusez-moi, mais je vous ai entendu. Ce soir, je vais à Auxerre pour le match contre Nantes. Si vous voulez voir des Africains, c'est là qu'il faut aller. Il y en aura six sur le terrain ! Et si vous avez besoin d'un chauffeur…

Le Poulpe s'étonna de cette offre généreuse et spontanée.

– Je suis Bertrand Le Roch, se présenta le jeune, en guise d'explication.

Le Poulpe ne s'étonna plus. Après le père, le fils. En attendant l'oncle et le chien ? Et après Bodou en Bretagne, Loïc à Paris, maintenant Bertrand en Bourgogne ? Il était sûrement écrit quelque part que Gabriel Lecouvreur ne ferait rien tout seul dans cette histoire. Encore un ou deux agents à son service et il serait le Jim Phelps du 11ème arrondissement. Avec Cheryl dans le rôle de la vamp aux mille et un looks et QG à la Sainte-Scolasse. Terminées les missions impossibles.

– Il attend ton retour depuis deux jours, précisa Gérard. Loïc est retourné à la Bolée, et Bertrand s'est dit que si t'avais besoin d'un coup de main… T'as sûrement un plan pour la suite, non ?

Gabriel hocha la tête de façon mystérieuse. Il se souvenait de ce match Auxerre-Nantes évoqué par Tabor. Petit à petit, il commençait à entrevoir le bout du tunnel et son esprit vagabondait depuis quelques heures sur un chemin qui, selon lui, menait tout droit à la solution. Chemin qui passait par un petit aller-retour en Bourgogne dès ce soir. Et puisqu'un chauffeur se portait volontaire… Les deux hommes convinrent de se retrouver à la Bolée en fin d'après-midi. Puis Gabriel regagna sa place près de la fenêtre et commanda enfin le grand café pour lequel il était aussi venu ce matin.

* * *

Le break Nevada de la famille Le Roch avalait les derniers kilomètres d'A6 avant sa destination finale, Auxerre. Le passage du Poulpe à La Bolée du Trégor lui avait valu des encouragements, une lampée de cidre, des commentaires indignés sur la deuxième victime du FAF, une lampée de cidre, un véhicule avec chauffeur, et une dernière lampée de cidre, pour la route. Tout cela les avait un peu mis à la bourre.

– C'est la prochaine sortie, annonça Bertrand, au volant. J'espère qu'on ne sera pas en retard. J'aime pas rater l'entrée des joueurs sur le terrain.

Le Poulpe ne répondit rien. Il déchiffrait avec concentration le mode d'emploi du Dictaphone trouvé chez Cheryl, un instrument de la première génération frisant les deux kilos, sans les huit piles et la minicassette. Alain Le Corner avait décidé de s'équiper d'autre chose que d'un ticket SNCF, ça faisait plus sérieux et ça pouvait servir, et Gabriel Lecouvreur en subissait les conséquences : le manuel d'utilisation de l'engin était visiblement rédigé en volapük.

– T'as l'intention d'utiliser ce truc ? s'inquiéta le conducteur.

– Maintenant que je viens de me taper ces vingt pages, il y a de fortes chances, oui.

Gabriel n'en dit pas plus sur les voix qu'il

comptait imprimer sur sa bande, et le jeune ne chercha du reste pas à connaître les intentions du Poulpe. Durant le trajet, ils n'avaient guère discuté. Gabriel put juste apprendre que Bertrand suivait des études en biologie, section bestioles invisibles à l'œil nu. Puis le chauffeur avait introduit dès la porte d'Orléans le *It's alive* des Ramones dans le radiocassette. Une heure de ritournelles électriques ponctuées de «Ane-Tou-Tri-Far» du plus bel effet, que le Poulpe sut apprécier en connaisseur. Avec un brin de nostalgie, il avait revu Totor, son pote de lycée, débouler un jour chez lui avec un disque sous le bras, quatre types en jeans troués-baskets-perfecto sur la pochette, *«Ramones»* se détachant en grosses lettres blanches. Quatorze morceaux punkoïdes, pas plus de deux minutes trente chacun, des textes d'une débilité à toute épreuve, un bon coup de latte dans les interminables pinkfloyderies planantes de l'époque. Ce que Gabriel ignorait, c'est que vingt ans après le groupe existait toujours, et que vingt ans après, ça fonctionnait toujours. Bertrand ne jurait que par eux, ce qui ne l'empêcha pas d'éjecter la cassette au beau milieu de *Now I wanna sniff some glue*.

– C'est l'heure du multiplex, justifia-t-il. T'as une préférence pour une station ?

Le Poulpe n'était pas nul en matière footballistique au point d'ignorer ce qu'était le multiplex, véritable institution radiophonique grâce à laquelle tous les fondus du ballon rond pouvaient suivre l'évolution des scores but par but sur chaque terrain, et en direct, hurlement des commentateurs en prime. Gabriel se demandait combien de «Et but à

Bordeaux ! » et autres «Expulsion à Bastia» venaient agressivement couper les conversations conjugales du samedi soir. Pour les dîners d'amoureux en tête à tête, la maîtresse de maison avait intérêt à connaître le calendrier de la saison…

– Euh, *France Inter*, répondit finalement Gabriel, qui avait toujours eu une préférence pour cette radio.

– Ah ouais ? *Inter football*, t'es sûr ? Comment tu fais pour supporter l'animateur ? Il est bien gentil, mais sa manie de couper systématiquement ses reporters pour placer une blague lamentable ou de rappeler à tout bout de champ qu'il est pote avec tel entraîneur, tel président, moi ça m'énerve. Et pas un qui moufte… On a l'impression qu'ils sont terrorisés, dans le poste. En plus, ils sont pas foutus de commencer à l'heure, alors…

– Alors, on va prendre *Europe*, concéda Gabriel surpris par tant de véhémence. T'as rien contre la pub pendant les matchs ?

– Si, ça aussi ça m'énerve. En fait, il faudrait les mecs d'*Europe* sur *France Inter*. Ou ceux de *Guadalajara*, maintenant que leur canard n'existe plus, ils devraient se recaser à la radio, au moins on rigolerait un peu.

Décidément, pensa Gabriel, le football avait connu une grande perte avec la disparition de ce *Guadalajara* : cela faisait déjà deux fois en une semaine qu'il entendait soupirer après sa mort. Alain Le Corner, de l'obscur *Contrepied*, commencerait sûrement à être jaloux, se dit Lecouvreur avec un sourire, tout en cherchant la bonne fréquence sur la radio. Il la trouva au moment où Bertrand repéra un panneau «Stade de l'Abbé-Deschamps». Au bout d'à peine cent mètres, la Nevada se retrouva dans une longue file de voitures roulant au pas.

– Et merde ! lâcha-t-il. Fallait s'y attendre, une affiche pareille ! Bon. On va ruser, je connais un raccourci, dans dix minutes on y est. Ça commence dans un quart d'heure, ça devrait aller.

Et pendant que son chauffeur particulier faisait un demi-tour spectaculaire sur le boulevard, Gabriel se cala dans son siège et entreprit une ultime révision de son manuel de pilote de Dictaphone. Bertrand monta le son de la radio.

«Allô Paris ? Allô Paris ? Ici Metz, où il se passe de drôles de choses au stade de Saint-Symphorien... Allô Paris, vous m'entendez ?»

* * *

– Putain de bordel de merde !

Les mains crispées sur le volant, Gromezky en était réduit à éructer des jurons tout ce qu'il y a de plus banal. La radio était en train d'annoncer des événements incongrus pour des enceintes sportives. Événements qui contrariaient franchement la marche en avant du FAF...

«...on rejoint tout de suite Lille, pour un point sur la situation.

– Eh bien Henri, ici aussi c'est la confusion. Les joueurs ne sont toujours pas entrés sur le terrain. Ils sont sur le banc de touche, ils entourent monsieur Guillochon, l'arbitre, qui a vraiment l'air embêté. Le speaker fait des grands gestes et le public commence à gronder. Je vais descendre et essayer d'aller recueillir un témoignage.

– Recueillez, Ronan, recueillez. Nous filons maintenant au Parc Lescure. Comment se passent les choses à Bordeaux ?

– Comme partout ce soir, Henri. Aucun joueur n'a voulu fouler la pelouse au moment du coup d'envoi. Les deux équipes sont groupées autour du banc de touche bordelais et cela discute ferme. J'aperçois un délégué du match, visiblement complètement dépassé par les événements...

– Il faut dire que tout de même, ce qui est en train de se passer lors de cette soirée de championnat est tout à fait unique dans l'histoire du football professionnel français. Une grève des joueurs, cela ne s'est jamais vu...

– Tout à fait, Henri. Nous aurons sûrement des explications dans les toutes prochaines minutes, mais pour l'instant, c'est le désordre le plus total qui règne ici...

– En tout cas une chose est sûre, c'est que le téléphone arabe a bien fonctionné entre les clubs : pas une des rencontres n'a débuté à l'heure où nous parlons...

– Allô Henri, est-ce que vous m'entendez ? Ici Auxerre, où les esprits commencent à s'échauffer dans les tribunes. Des insultes commencent à fuser vers les joueurs, tout du moins vers ceux qui sont encore là, car une bonne moitié a déjà regagné le vestiaire. J'ai bien peur que les choses dégénèrent...

– Essayez d'avoir quelqu'un au bout du micro pour nous éclairer sur ces événements, qui, je le répète, sont tout à fait ex-cep-tion-nels.

– Ça, c'est le moins que l'on puisse dire, Henri, et jamais, de mémoire de correspondant, je n'ai...

Gromy coupa le sifflet du reporter et s'essuya nerveusement les mains sur le jean. Salopards de friqués ! Une grève ! Les blancs solidaires des étrangers, putain, ils avaient rien compris, ces cons !

Le skin se tortilla sur le siège de sa Panda et fixa la sortie du stade. Tout semblait calme aux abords du parking des officiels, malgré l'apparition d'un petit groupe peinturluré de bleu et blanc à une cinquantaine de mètres. Il caressa le flingue glissé entre ses cuisses et posa son regard sur la photo récupérée chez Kabalo. Le cliché immortalisait ce dernier portant sur ses épaules puissantes un autre Ivoirien, l'image du bonheur de jeunes vainqueurs de la dernière Coupe d'Afrique des Nations. Gromezky n'avait pas eu trop de mal à identifier le deuxième Noir. Le tondu eut un sourire en coin et passa une nouvelle fois l'index et le majeur sur le canon de son revolver : match ou pas match, on allait pleurer Bandiagara ce soir dans les cases en bambou, foi de Gromy. Sur le parking des joueurs, la foule grossissait.

* * *

Marseille, Toulouse, Metz, Lille, Bordeaux, Lens... le rituel du championnat n'était respecté nulle part et les rebelles en culottes courtes avaient pris tout le monde de court. Arbitres, dirigeants, public et journalistes essayaient de comprendre ce mouvement social d'un genre nouveau : la grève du samedi soir. Et à Auxerre, le Poulpe et Le Roch junior nageaient dans le même potage. Gabriel essayait de capter *Radio France Bourgogne* sur les conseils de Bertrand. Il tomba en plein dans l'interview d'un joueur qu'il ne reconnut pas.

« ...trop dangereux de jouer. Kabalo, il y a quelques jours, Ben Yagoub hier, on ne veut plus continuer comme ça. Ces tueurs qui agissent en toute impunité, sans que personne ne fasse rien...

– La police enquête en direction de ce Foot Aux Français, pourtant...

– Oui, mais elle n'a pas l'air bien pressée de mettre le grappin sur ces malades...

– Youssouf Diagona, que va-t-il se passer dans l'immédiat ?

– Nous espérons que ce coup de colère va provoquer une prise de conscience collective de la menace que représente le FAF, et la mise en place de réelles mesures de protection des footballeurs étrangers.

– Et pour ce soir ? Vous allez reprendre le chemin des vestiaires ou celui de la pelouse ?

– On est tous d'accord là-dessus : pas question de jouer ce soir, même si ça doit déplaire à notre public. Je crois qu'il nous comprendra, non ? »

Bertrand conduisait toujours, énervé comme pas possible. Son raccourci, aussi efficace que celui de David Vincent, les avait paumés, et l'extraterrestre aux membres démesurés assis à la place du mort ne tenait plus en place.

– Faut choper ce Diagona à la sortie ! s'énerva en effet Gabriel. T'arrives à te repérer ou faut que je demande notre route à un autochtone ?

– Cool, man, voilà enfin la rue que j'cherchais, répliqua l'étudiant. Accroche-toi, dans deux minutes t'es dans les bras de Guy Roux.

* * *

Gromezky était sorti de sa voiture, indécis. Le petit groupe aperçu tout à l'heure s'était mué en quelques minutes en une foule vindicative et menaçante. Il pouvait s'y glisser mais il se méfiait, car quelques flics avaient rappliqué aussi sec. Il hésitait toujours sur la tactique à adopter lorsqu'un grondement s'éleva des supporters en colère. Cinq joueurs venaient d'apparaître et tentaient de rejoindre leur véhicule. Parmi eux, Bandiagara et Diagona. Gromezky les reconnut dans la seconde et sa haine reprit le dessus. Il s'élança tel un automate vers les deux Africains, l'arme dans la poche de son treillis.

Pour les cinq footballeurs, la progression vers les luxueux cabriolets et autres monstres à au moins seize soupapes se révéla aussi difficile que le percement de la plus hermétique des défenses. Le peuple formait un barrage compact et invectivait ses gloires locales. Les «Fainéants !», «Trop payés !», «Couilles molles !» pleuvaient, avec quelques bourrades bien senties au passage. Les forces de l'ordre tentèrent bien de s'interposer, mais les fonctionnaires ne fonctionnèrent pas, à trois contre cent, et ils furent refoulés en moins de deux vers la baraque à frites. En quelques secondes, les joueurs furent séparés, Bandiagara et Diagona restant unis dans la tourmente humaine.

Gromezky jugea le moment opportun pour passer à l'action. Le Buffalo Bill des surfaces de réparation pressa le pas vers son gibier, bien déterminé à faire d'une pierre deux coups puisque l'occasion se présentait. Une fois de plus, la foule le protégerait et il accrocherait deux nouveaux trophées à son tableau de chasse. Sûr de lui, il se demandait juste par qui il allait commencer : Bandiagara ou Diagona ?

Mais les dieux du football veillaient et ils choisirent ce moment crucial pour envoyer leurs sauveurs, à bord d'un véhicule d'une immaculée blancheur. Celui-ci fendit la foule avec une grâce indéniable, s'accompagnant de coups de trompe style Jugement dernier, et stoppa à la hauteur des deux Africains. Un homme-élastique surgit en rugissant de l'engin libérateur et avec ses grands bras fit le vide autour des deux joueurs. Il leur annonça en même temps quelque chose au creux de l'oreille qui les fit s'engouffrer sans hésitation dans la voiture providentielle. Les portes claquèrent, les pneus couinèrent, les gens s'écartèrent, et les footballeurs se volatilisèrent. Bruno Gromezky se retrouva comme un con au milieu d'une horde de visage bleu et blanc – AJA vaincra ! –, vert et jaune – Nantes vice-champion ! –, et même rouges – chablis *forever* ! Cette explosion de couleurs, c'en était trop pour lui, et il repartit sur Paris la rage au cœur.

* * *

Il n'y avait pas eu l'ombre d'une silhouette d'entraîneur bourguignon pour accueillir le duo d'attaque Le Roch / Lecouvreur, mais une banale barrière de sécurité empêchant l'accès au parking des officiels, martialement défendue par un binôme céhéressiste. Les sourcils se froncèrent et les moustaches frémirent à la vue de la Nevada blanche qui pointait son museau. Gabriel devança l'interrogatoire et baissa la vitre. Il tendit une superbe carte barrée de bleu-blanc-rouge au nom de Charles

De Braie, inspecteur des RG. Copyright Pedro Ferrer, bien entendu. Le garde-barrière hocha la tête et fit signe à son collègue de laisser passer, en s'abstenant de faire un commentaire sur le manque de rigueur du conducteur, un jeunot mal rasé en tenue débraillée et à l'air insolent. Bertrand ne remarqua même pas cet œil inquisiteur et réprobateur, et accéléra vers un petit attroupement là-bas sur le parking.

– Là-bas ! Diagona ! cria presque le Poulpe.

– Et Bandiagara, compléta Le Roch. Ils m'ont l'air en mauvaise posture.

– Fonce ! ordonna Gabriel. Et arrête-toi le plus près possible d'eux.

L'ordre fut exécuté avec brio, et la voiture arriva comme par enchantement au milieu de la cohue. Bondissant tel un diable de sa boîte, Gabriel fit dare-dare le ménage à grands coups de moulinets baffeurs. Diagona était à moins d'un mètre de lui. Il l'attrapa par la manche et lui glissa à toute vitesse :

– Je sais pour Tabor et Kabalo. Je veux vous aider. Montez vite !

Et sans attendre de réponse, il avait ouvert la porte arrière en même temps que celle de devant. Il remonta fissa dans la Renault, sans même regarder si les Africains avaient suivi. Le crâne noir qu'il aperçut dans le rétro et la portière qui claqua dans son dos le rassurèrent définitivement. Bertrand redémarra en trombe, et repassa devant les CRS. Celui qui avait contrôlé Gabriel ne put cacher son admiration à son collègue.

– Quand même, y'a pas à dire, ils sont forts, ces

gars-là. À peine cinq minutes sur le terrain, et ils arrêtent déjà deux individus suspects. Moi, je dis chapeau.

Dans la voiture qui filait vers le centre d'Auxerre, les deux individus suspects indiquaient le chemin vers le quai de la Marine et le duplex de Youssouf Diagona. Une petite discussion s'imposait, tout le monde était d'accord là-dessus. Devant un verre, avait ajouté un Poulpe au gosier sérieusement asséché…

12
Au deuxième poteau

– J'espère qu'il n'y a pas que du reggae chez tes potes sinon je me rattrape sur les pistaches…

Noyé dans le sofa de l'appartement de Diagona, le fiston Le Roch chuchotait à l'oreille du Poulpe alors que les deux joueurs africains étaient partis chercher des verres. Au cours de son cycle en bactériologie, Le Roch fils avait combattu des régiments de bactéries mais cela ne l'avait pas guéri de la bactérie hystérique qui le squattait depuis la classe de 4ème, la rockus vitus fortus, et qui provoquait chez lui des poussées de fièvre. C'était l'un des cinquante points du protocole de désaccord contracté avec son père, qui pourtant s'était dévoué pour le guérir de ce virus en l'accompagnant deux années de suite au pèlerinage interceltique de Lorient et en lui payant, au mépris du taux de pollution sonore du 15ème arrondissement, des cours de bombarde. Vanité des vanités, vanité des vanités, tout est vanité. Toutes ces peines de Le Roch n'étaient que lassantes et comme disait son contaminé de fils, «Le trip breizhou, c'est pas trop mon truc.» Comme le père et le fils ne pouvaient pas réserver leur tête-à-tête au matraquage des nerfs, la providence leur avait collissimé un SMIC, un sujet mâle d'intérêt commun : le foot. Bertrand avait rejoint son supportpère parmi les joyeux ultras de l'En Avant de Guingamp et il n'oubliait jamais de déposer en offrande des oranges aux pieds de la statue de saint Marco Van Basten qui dominait, tel le Corcovado, la baie vitrée de sa chambre.

Diagona et Bandiagara avaient posé sur la table du salon les verres, deux bouteilles de jus de fruits, une bouteille de Sprite et un paquet de chips à l'ancienne. Les pistaches avaient posé un lapin à Le Roch l'oxygéné alors que le Poulpe se flagellait de pas avoir choisi un bar des sports plutôt que le bar d'un sportif. Au risque de se faire exclure de la guilde des buveurs de bière, Gabriel aurait été prêt à toutes les extrémités y compris celle de prononcer la fatidique formule : «Paul, une Tourtel !». L'honneur poulpien était sauf car Paul avait fini son service.

Couvant de ses deux mains son verre de pamplemousse, le Poulpe s'adressa aux deux joueurs qui s'étaient assis en face de lui sur des fauteuils «arts premiers».

– Avez-vous reçu ces derniers temps des menaces ?

– À part le coup de colère des spectateurs de ce soir et les insultes des supporters à l'extérieur, je peux pas dire que j'ai eu des menaces de mort.

Youssouf Diagona intrigua Gabriel par les sorties de secours qu'empruntait son regard.

– C'est pareil pour moi, enchaîna Bandiagara, avant l'assassinat de Marcel, on vivait plutôt tranquilles, mis à part quelques déplacements à risques. Maintenant, on ne sait plus trop comment envisager l'avenir. Faudrait d'abord qu'on encaisse la disparition de Marcel, puis ensuite la grosse trouille. Être un joueur noir, c'est du délire absolu : tu carbures à bloc dans ton équipe, alors le public et même les plus affamés de bouffeurs d'étrangers te portent sur leurs épaules. Attention, faut pas exagérer, ils ne vont pas jusqu'à te refourguer leur fille blondinette, y'a des limites à la liesse. Il suffit de faire quelques sétoiles ou de ne pas marquer pendant une longue série et là, on te loupe pas et tu peux te préparer à faire la récolte de crachats, d'insultes. C'est le podium ou la fosse aux lions… Cool comme situation.

Tout ce qui se disait ne semblait pas couper l'appétit de Bertrand Le Roch, qui chassait les sursaturations dramatiques en faisant craquer les chips sous ses dents.

– À Guingamp, on m'a dit que vous étiez des amis de Marcel. Est-ce qu'il vous avait fait part de quelque chose de suspect ?

– La dernière fois qu'on l'a eu au téléphone, ça doit être dimanche dernier, il ne nous avait fait part de rien d'anormal.

Bandiagara, par son abattage, semblait beaucoup plus solide que son ami, qui parvenait difficilement à domestiquer de petits gestes nerveux. Le Poulpe se disposait à profiter de cette brèche dans le mur de défense.

– Plusieurs choses pas très nettes me tracassent à propos de votre ami. Tout d'abord, avant le meurtre, j'ai la conviction qu'il a échappé à une première tentative lors d'un match la semaine dernière et que la cible n'était pas du tout ce pauvre entraîneur stagiaire ; pour moi, cela ne fait plus de doute, mais ce que je trouve le plus troublant dans cette histoire, c'est qu'il ait dit à la police que l'estafilade à la joue n'avait rien à voir avec la trajectoire de la balle, que c'était seulement un coup de crampon. Pourquoi n'a-t-il rien dit ? J'ai la certitude que, au contraire de ce que vous me dites, il y avait quelque chose d'assez anormal pour qu'il ne dise rien de cette tentative d'assassinat.

Le Poulpe téléchargea vers Youssouf un regard survitaminé, vitamine I comme Inquisiteur, puis sortit de sa musette à idées un rappel des épisodes précédents qui tira Le Roch junior de sa torpeur chipseuse. Dans la série *la Légende du sport*, Lecouvreur productions vous propose *Dopage dans le bocage*, *Francis si occis*, *la Peau d'un skin* et *Tabor le matador*. À voir Diagona se gratter le cou avec la délicatesse qu'emploierait un élan post-adolescent pour se faire les bois quand le printemps s'immisce furtivement dans les terres mousseuses du Yukon, et Biandagara se moucher sans raison, le Poulpe comprit qu'il avait fait péter l'Audimat, sans danseuses lippues, et qu'avec un peu d'efforts il pouvait remporter le grand pactole de la chasse au trésor.

– Si ça peut vous mettre plus en confiance, je ne suis pas journaliste comme je vous l'ai dit, pas plus à *Contrepied* qu'à *l'Yonne Libre*, ni tueur à gages de revanche, ni flic. Je ne suis dans aucune statistique, dans aucun organigramme et je m'apparente plus au schmilblick ambulant qu'à la profession libérale.

Les veuves ne pratiquant pas le taekwondo, les orphelins sans Jean-Claude Lahaye et tous ceux qui pataugent dans des marécages d'embrouilles peuvent avoir besoin d'une aide discrète mais efficace, d'un grand type collant, souple comme le chêne et robuste comme le roseau, bref un Poulpe pensant.

La déclaration de Gabriel avait laissé une traînée de poudre hallucinogène, très perceptible chez le fiston Le Roch, plongé dans la même incompréhension qu'après la lecture des récitals debordiens des *Inrockuptibles.* Alors tout devint automatique. Youssouf Diagona sortit des cordes et cessa l'esquive.

– Vous allez avoir le droit au grand déballage, mais assurez-nous que malgré les quelques saletés que vous allez découvrir à notre sujet, vous allez éviter les retombées, sur moi, Olivier et tous les autres joueurs concernés.

À la lueur de l'halogène, le diamant dans le nez du joueur scintilla. Après que Gabriel lui eut promis, le jeune Africain regarda un instant son ami puis appuya sur la touche lecture.

* * *

Ils avaient quitté Auxerre depuis une demi-heure. Le Poulpe avait réussi à convaincre les deux footballeurs de venir avec lui à Paris pour, une fois n'est pas coutume pour des joueurs de foot, prêter main-forte. Avant de partir, il avait laissé un message sur le répondeur de Cheryl : «Devine qui vient dormir cette nuit ? Gabriel et deux beaux gars rien que pour toi. Si ta super star du Red Star te laisse un peu de temps entre les expos au Grand Palais et la rétrospective Robert Bresson à la Cinémathèque, pourras-tu préparer le clic-clac pour mes deux amis car on risque d'arriver après le couvre-feu. Je t'envoie un baiser avec la formule tout compris. Attends-moi pour l'addition ! »

À ses côtés, Bertrand dormait, le nez écrasé contre la vitre, bercé par une fée terrorisant un micro avec une berceuse gavée de décibels oxfordiens. Derrière, Bandiagara et Diagona luttaient entre la vie et le sommeil. Que ce soit le gavage monotone des kilomètres d'autoroute, l'écrasement de la nuit sur le duché de Bourgogne ou l'ahurissante fiesta qui régnait dans la voiture, tout lançait le Poulpe vers une gamberge dépassant le cent-trente idées à l'heure. Il n'avait pas une haute idée du foot mais le récit de Diagona lui avait fait perdre tous ses regrets de pupille n'ayant jamais su jongler avec un ballon.

* * *

Halte sur l'A6 pour étancher la soif de la voiture. Le pistolet enfourné, le Diesel entonna son chant bouillonnant.

Recruté une saison avant eux, Marcel Kabalo était le frère aîné de la « Black Team ». Tous avaient emprunté la même filière, repérés dans leur pays par Tabor, puis aiguillés vers des clubs français. Le talent de ses joueurs ne suffisait pas à la comptabilité de son entreprise. S'il voulait arracher le crédit des dirigeants de clubs, gonfler ses parts de marché, ses méthodes suivaient à la trace les stratégies industrielles japonaises : zéro stock, zéro panne, zéro défaut. Pas question que ses joueurs aient des pannes au cours d'une saison. Arrivés en Europe, quand il n'était plus temps de reculer, que le rêve enfin se réalisait, Tabor leur ressortait sa clause miracle, même pas inscrite au bas de leur contrat en caractères lilliputiens et leur expliquait le marché : soit ils acceptaient de se porter volontaires pour tester des remontants pas encore disponibles à la pharmacie du coin, soit c'était le retour au pays, «hélico presse-tôt !». Ainsi, par l'intermédiaire de leur agent, ces sportifs étaient devenus des cobayes pour l'expérimentation de produits dopants. Toujours à la pointe de la mode, en avance d'un contrôle sanguin. Prenez le menu. Hormones de croissance. Érythropoïétine. Perfluocarbures. Tabor les tenait par le short. Les candidats à la mort sportive n'avaient qu'à dévoiler ce marchandage pour que la centrale FIFA laissât fuir une radiation à vie. Les arguments de leur agent avaient eu la clarté pédagogique d'une volée de bâton dans une caserne prussienne. Il fallait bien vivre, faire vivre sa parentèle, quitter Yaoundé, Abidjan, Conakry, Dakar, Lomé, Ouagadougou, Ségou, Bamako, échanger un bidonville contre un baril de francs. Depuis ses premiers séjours en Afrique, Tabor avait perfectionné son art du marchandage sordide, y trouvant le même plaisir que ces touristes qui bombent du torse après avoir gagné 15 % sur le travail d'artisans burkinabés. Diagona lui avait décrit son calvaire de toxico, les convocations à Paris dans le bureau du 7ème afin d'y être accueilli par des injections, le sentiment d'euphorie, celui d'être un homme bionique à moins de trois milliards, la puissance dans les jambes, partout, même dans le froc, les matchs menés à la vitesse d'une Lancia Stratos sans calvitie pilotée par un Darniche V 12 et sans le moindre essoufflement, l'après-match où il faut bouger et encore bouger pour que le sang, charriant un débit morbihannais de globules rouges, ne se transforme pas en orchestre de thromboses, avoir son agent pour dealer, être un pro de l'accro, devenir un junkie en survêtement, voir son corps se sculpter et les insomnies se réveiller, maîtriser de moins en moins les accès de colère mais… vivre son rêve de gosse : être un espoir du foot qui fait la fierté de sa famille et de son pays. Kabalo avait vécu tout cela avant les autres. Il en était à sa deuxième saison d'accoutumance au sport de haut niveau hormonal et ne voulait plus que l'ardoise de sa réussite sportive dans ce club breton qu'il trahissait en lui cachant la vérité, soit son délabrement physique et mental. Il avait décidé de refuser les expérimentations de nouveaux produits avec une molécule d'avance sur les contrôles. Diagona et ses amis africains avaient reçu les appels à la résistance lancés par Kabalo, qui les incitaient à cesser les essais chimiques, à quitter cet apprentissage accéléré aux métiers du cancer, à ne plus laisser saccager leur corps, à rester des hommes et ne pas devenir des hormones. Alarmé du danger que lui faisaient courir les agissements de Kabalo, Tabor l'avait menacé, sans effet puisque le joueur lui avait promis que la fin du championnat serait pour lui la fin de son esclavage. Il voulait dénoncer ce nouveau système esclavagiste récoltant de jeunes athlètes au profit d'un pressoir médiatique à la recherche de spectacle, de surpassement et d'esthétiques souffrances. Une énorme hypocrisie qui a assassiné le sport professionnel. Désormais, le doute est pointé sur le premier. Est-il aussi le premier des dopés ? Une incurable tendinite de la morale publique pour avoir trop forcé avec l'argent. Un myocarde usé par trop de contrats faramineux. Du haut de ce tas de fumier, le Poulpe guetterait la grande déchirure musculaire, la dernière. Mais pour l'instant, ses mains sentaient le gazole.

Ni la francilienne, ni le périphérique, ni les boulevards des Maréchaux ne pouvaient plus arrêter le raid Auxerre-Paris. Le trophée : Tabor, chancre du foot.

13
Le coup du sombrero

Cheryl contemplait les corps à demi nus allongés à ses pieds. Un bras musclé à demi caché par un coussin de soie, deux longues jambes glissées sous la table basse, une tête crépue à moitié passée par la porte de la cuisine, une main épaisse crispée sur un mouchoir en papier, une jambe dangereusement proche de la pile de CD, un visage déformé par une bouche grande ouverte, un bout de derrière fessu tout juste dissimulé par un caleçon trop court... et des fringues en tire-bouchon partout dans le salon. Pfffff ! Encore quelques moribonds et c'était le Radeau de la Méduse, rue Popincourt !

La coiffeuse se fraya un chemin à travers ce bel entremêlement de membres, faillit marcher sur le visage de Diagona et s'engouffra dans la cuisine. Le trio était arrivé la veille au soir. Son Poulpe, et deux grands Noirs. La mine grave de ces derniers n'avait pas empêché une Cheryl visiblement contrariée d'expédier tout le monde dans le salon avec un paquet de couvertures râpeuses. «Et prière de ne venir me déranger sous aucun prétexte», lancé à l'adresse d'un Poulpe médusé, fut sa dernière phrase de la soirée, ponctuée d'un claquement de porte de chambre rose. Le retour du héros version Cheryl, c'était autre chose que la descente triomphale des Champs-Élysées par les Verts de 1976... Gabriel s'attendait bien aux quelques ronchonnements de circonstance, mais là, il trouvait que sa belle en rajoutait un peu trop et il en fut tout désemparé. Du coup, il avait bafouillé un très bête «Mon amie a eu une dure journée» aux deux Africains, avant d'aménager avec eux le petit salon en chambrée de sportifs épuisés. Et de tenter, tout seul, de se consoler avec ce *Cochon* d'Eugène.

«Pas d'amour mon amour, où va le sang
qui coule ? vers toi ou vers moi ? et l'amont
et l'aval ? et la couleur rousse en ton
ventre bombé, le pinceau triangulaire et
l'encre de Chine, le grain de la vulve, la
gaine du gland enguirlandé d'amarante, pas
d'amour
mon amour...»

Les bras de Morphée et les tentacules du Poulpe avaient eu du mal à faire bon ménage...

Ce matin, devant ces corps silencieux qu'elle observait à nouveau, Cheryl éprouvait un peu de remords. D'accord pour un peu de mauvaise humeur, mais pas la peine non plus de passer pour une pimbêche de première. Allez, un bon café et des bonnes tranches de pain grillé pour tout le monde et tout serait oublié. Elle plaçait sa troisième tranche d'une baguette ramollie dans son vieux Seb lorsqu'une voix assourdissante retentit dans la pièce à côté.

–...*QUI VOUS PERMETTRA DE RESTER FRAIS TOUTE LA JOURNÉE. DITES NON À LA TRANSPIRATION.*

Petite musique. Devant le téléviseur, Bandiagara, télécommande au poing, expédia son plus beau sourire à la maîtresse des lieux, qui venait de bondir dans le salon.

– Ah, bonjour madame. Excusez pour le boucan, je ne trouvais pas le bouton du volume. C'est bon, comme ça ?

Une grande silhouette familière s'étira à moins d'un mètre de là.

– Salut Cheryl ! T'as besoin d'aide pour le p'tit dej' ?

Le troisième endormi ne l'était plus non plus et se redressa, couverture sur le dos.

– Bonjour ! Y'a pas quelque chose qui est en train de brûler quelque part ?

Tête de la pauvre Cheryl, submergée par le réveil en fanfare de ses trois squatters.

– Je... oui... ce... non... mes tartines !

Et de filer dare-dare vers les lieux du sinistre, où le grille-pain lance un appel de détresse désespéré par signaux de fumée interposés. Gabriel emboîta le pas à sa blonde incendiaire pour lui porter secours. Une ouverture de fenêtre plus tard, l'éclaircie pointa le bout de son nez dans la petite pièce. Le Poulpe en profita pour tenter une approche en douceur, à l'économie de mots.

– Bien dormi ?

Raclement de couteau sur la baguette calcinée en

guise de réponse. Deuxième tentative, même technique.

– Plus fâchée ?

Cheryl soupira avec force et esquissa un début de sourire. Elle aimait quand son Gabriel tentait de se faire pardonner, ça lui donnait des airs enfantins tout à fait chou.

– Gaby, tu sais bien que je t'ai dit mille fois de ne pas t'annoncer à la dernière minute, reprocha-t-elle gentiment. En plus là, tu arrives avec des gens que je ne connais même pas, j'ai vraiment parfois l'impression d'être une annexe de l'Armée du Salut…

– C'est que j'ai confiance en toi, tu es ma bonne étoile, la branche solide sur laquelle je me repose en cas de coup dur…

– Oui, mais fais bien attention qu'un coup de foudre ne vienne pas un jour abattre l'arbre tout entier, fit Cheryl mystérieusement. Et puis, avoue que tu ne m'en a pas raconté beaucoup sur cette histoire de foot. Tu sais pourtant que moi aussi, j'aime les aventures, surtout celles dont tu es le héros.

Gabriel savait qu'il ne ressortirait pas de la cuisine sans avoir narré par le menu ses pérégrinations bretonnes, parisiennes et bourguignonnes. Il brossa donc grossièrement les grandes lignes de sa plongée chez les footeux, de Bodou le Guingampais aux Africains d'Auxerre, sans oublier le portrait du grand méchant, Tabor.

Cheryl hocha la tête en silence.

– Donc, conclut-elle, tes deux amis ont beau être des stars du ballon rond, ils ont quelques ennuis, et je n'ai pas été très sympa avec eux hier soir. Fallait me raconter tout ça avant, Gabriel.

– J'aurais bien voulu, plaida le Poulpe, mais hier, visiblement, c'était pas le moment d'entamer une conversation intime.

Et il prit une mine de chien battu que même Léon, le berger allemand en fin de carrière de Gérard, n'aurait osé arborer. Cheryl éclata de rire et enlaça son grand chien fou.

– Allez, embrasse-moi et promets-moi de me réserver la fin de cette partie.

– Si tu ne me remplaces pas un autre avant-centre banlieusard…

Et le Poulpe posa ses lèvres sur la bouche pulpeuse de la coiffeuse. Un appel du côté vestiaire auxerrois interrompit le bisou à peine entamé.

– Monsieur Lecouvreur, *Téléfoot* va commencer !

Gabriel stoppa la scène romantique pour rejoindre les deux footballeurs. Bandiagara joua les marabouts en annonçant le contenu de l'émission.

– Ils vont sûrement commencer par ce qui s'est passé hier soir.

– Ouais, approuva Diagona, cette fois, ils pourront pas se contenter d'un résumé de la journée et du classement du top but, ils passeraient pour des nuls. Reste à voir comment ils vont traiter ça, c'est pas dans leurs cordes aux services des sports, le fait divers.

– Pourtant, il y a déjà eu pas mal d'affaires dans le milieu, s'étonna Gabriel.

– Sûr ! Mais à *Téléfoot*, c'est le silence radio presque à chaque fois. Des reportages de soirées mondaines avec milieu de terrain crooner, pas de problèmes. Mais des interviews de maîtres chanteurs, ça, c'est une autre paire de manches. Tiens, c'est déjà beau d'avoir eu un reportage sur l'entraîneur allemand, la semaine dernière. Mais chut, v'là le générique.

« Pour le beau geste, pour le beau jeu », lut Gabriel, qui trouva le slogan amusant au vu des événements de ces derniers jours. Puis le réalisateur passa en travelling plongeant sur le public du studio, balaya les spectateurs avant d'immortaliser la bouille rigolarde d'un pupille du club de Champagné (72). Le plan suivant s'ouvrit sur le visage fermé de l'animateur en chef de l'émission.

– *Mesdames et messieurs, bienvenue parmi nous, pour un* Téléfoot *un peu spécial que nous aurions aimé n'avoir jamais à vous présenter...*

– Tu m'étonnes, commenta Diagona.

– *Un entraîneur et un joueur assassinés, le meilleur buteur de la saison grièvement blessé à la fin du match Paris-Bastia, le championnat de France de football de première division vient de vivre les heures les plus sombres de son histoire, avec ces deux meurtres et cette lâche agression commis par un groupuscule extrémiste du nom de Foot Aux Français. Inutile de vous préciser que nous sommes là très loin du sport et que tout cela est accablant.*

Petit silence dramatique.

– *Nous avons longuement hésité sur la place à apporter à cette triste affaire, et nous avons finalement décidé de consacrer, exceptionnellement, l'intégralité de ce* Téléfoot *à ce sujet. Mais avant de commencer, et de revenir sur l'étonnant mouvement de protestation des joueurs d'hier soir, j'aimerais vous présenter les personnalités invitées sur ce plateau. monsieur Simonet, président de la Fédération*

Française de Football, monsieur Vaillant, commissaire-divisionnaire, qui nous apportera quelques précisions sur l'état de l'enquête de police, madame Dureau, sociologue, auteur d'un livre fort bien documenté sur les hooligans belges, et monsieur Tabor, agent d'une vingtaine de joueurs, dont le regretté Marcel Kabalo...

À la vision de l'homme honni, Bandiagara et Diagona bondirent comme un seul homme.

– Nom de Dieu ! Tabor !

– Mais qu'est-ce qu'il fout là ?

Devant la liste des invités, le Poulpe crut un instant s'être trompé de chaîne et visionner un enregistrement d'une *Marche du siècle* consacrée aux méfaits du sport. La présence de Tabor l'intriguait aussi. L'intéressé éclaira un peu sa lanterne.

–*...Juste deux mots avant d'aller plus loin, monsieur Roland. Tout d'abord, je tiens à vous remercier d'avoir pensé à moi. Je suis très affecté par le décès de Marcel, et condamne fermement les agissements de ce Foot Aux Français. Vous savez, ces joueurs, ce sont un peu mes enfants, je les aime comme des fils, je leur ai permis de vivre leurs rêves les plus fous et maintenant, voilà qu'on me les tue. Tout cela est tellement odieux.*

– Le salaud, siffla Diagona, il manque pas d'air !

– Un vrai enfoiré, oui ! Qui il espère convaincre avec son numéro ?

– La France entière, messieurs, répondit Gabriel. En jouant le père abattu et l'homme au cœur d'or, il espère bien avoir le public de son côté. Et vous met discrètement en garde. Mais il ne sait pas encore que vous m'avez tout révélé...

– Et si on le chopait à la sortie de l'émission ? proposa Bandiagara. C'est en direct, non ? Et c'est pas trop loin. En se pressant un peu…

Le Poulpe ne se gratta pas longuement la tête avant d'accepter. Il était temps de mettre un terme à la carrière de l'arrogant agent.

– Cheryl ? Tu as encore ta 205 ?

– Non. Je viens de la changer contre une Seat Marbella toute neuve. Je te vois venir, et je te dis oui, tu peux la prendre. Mais pour le rodage, pas pour le rodéo.

– Tu me connais, j'ai jamais été un fou du volant. Les dérapages contrôlés, je laisse ça à Vatanen.

– Mmouais. Fais gaffe quand même. Tiens, voilà les clés. La voiture est dans la rue, tu peux pas la rater.

Et le trio sortit.

Dans la rue, le Poulpe repéra la Seat du premier coup. Sur les deux portières, des deux côtés, s'étalait un magnifique *« Cheryl coiffure »* rose. Un camouflage idéal pour le commando hilare, qui fonça droit sur Boulogne.

***

–*… Vous savez, ces joueurs, ce sont un peu mes enfants, je les aime comme des fils, je leur ai permis de vivre leurs rêves les plus fous et maintenant, voilà qu'on me les tue. Tout cela est tellement odieux.*

– Putaaaaaain !

Bruno Gromezky était fâché. Sa Fiat Panda l'avait piteusement ramené sur Paris après son coup manqué à Auxerre, et il avait passé une nuit épouvantable, peuplée de Noirs aux sourires narquois, dans un hôtel borgne de la rue Lecourbe. Déjà, au réveil, sa gueule dans la glace rayée du cabinet de toilette ne lui était pas revenue. Surtout à cause de ses cheveux formant une crinière d'au moins un centimètre, entorse douloureuse à son look de terreur des gradins. Tout cela l'avait mis dans une humeur massacrante, et la descente des trois étages vers la salle de restaurant fut ponctuée de coups de Docs dans les portes et de jurons sifflés entre des dents pourries à en rendre jaloux Shane McGowan.

Et voilà qu'au beau milieu d'un thé pisseux et tiédasse, accompagné de tartines au beurre rance, cette fausse-couche de Tabor – puisque c'était ça son nom, à ce blaireau – pointait sa gueule enfarinée et venait couiner en direct à la télé. Bordel ! En direct !

Mais oui !

– Bouge pas, tête de nœud, j'arrive ! hurla Gromy. J'vais te massacrer la tronche !

Un Suisse de passage, seul client à cette heure dans la salle, déclara à Gromy qu'il aurait bien aimé, enfin, si vous le permettez, déjeuner en paix. Le skin lui colla une baffe et lui mit le nez dans son chocolat brûlant. Puis il sortit son flingue et explosa le poste de télévision. Le gérant affolé accourut et tomba sur Gromezky en train de pisser sur les rhododendrons en plastique. Le vaillant guerrier se vidait, le combat allait pouvoir reprendre. Un coup de coude à l'estomac du gérant en passant et par ici la sortie. Les mains pleines de démangeaisons, Gromy se rua sur la Panda et fit rugir le moteur. En moins de dix minutes, il arriva en vue de la tour de *TF1*.

***

Complètement liquéfié par les projecteurs éblouissants du plateau, Tabor imbibait de sa sueur dégoulinante le dernier centimètre carré encore sec de son mouchoir. Il n'en pouvait plus d'attendre la coupure publicitaire. Il pourrait alors s'éclipser et se passer la tête sous l'eau. Ou mieux, il foncerait directement chez lui pour se plonger dans un bain glacé, du genre de ceux qu'il aimait prendre pour se remettre les idées bien en place. Oui, il ferait plutôt cela. Un petit «au revoir messieurs, merci de m'avoir accueilli, je vous quitte déjà, je suis en pourparlers avec le Ronaldo africain, alors vous comprenez.» Bien sûr qu'ils comprendraient, ces imbéciles, ils avaient déjà gobé tout son discours paternaliste et offusqué sans broncher, alors... Et de toute façon, c'était prévu comme ça, il avait prévenu qu'il ne resterait que la première moitié de l'émission, jusqu'à la première page de pub. Et franchement, fallait qu'elle se magne, car entre la chaleur démentielle du studio et le charabia incompréhensible de la sociologue belge, Tabor se transformait petit à petit en agent blanchissant. Mais dans cette émission qui diffusait bientôt autant de spots pour déodorants masculins que d'images de football, il n'eut pas longtemps à patienter. Avec un empressement à la limite de l'incorrection, il prit congé des journalistes sitôt le direct interrompu. Une assistante de la production lui indiqua le chemin de l'ascenseur. Il s'y engouffra, soulagé de voir son calvaire prendre fin. Quelques secondes plus tard, il déboucha, et ses oreilles, et dans le grand hall d'accueil. Des meubles encore sous leurs plastiques d'emballage et des cartons par dizaines témoignaient du réaménagement en cours de l'espace. Tabor slaloma à travers un lot de chauffeuses bleu-blanc-rouge, les couleurs de la chaîne, et pressa le pas vers la sortie en s'épongeant une nouvelle fois le visage avec sa mini-serpillière.

* * *

– Mais j'en ai rien à foutre que l'émission soit commencée, je vous dis ! Je veux que vous me disiez à quel étage de cette putain de tour elle se déroule, c'est tout. C'est clair, non ?

La pétasse planquée derrière son comptoir commençait à échauffer sérieusement Gromezky. Il était à deux doigts de lui faire bouffer son pin's parlant. La fille, une grande rousse au regard acéré, semblait en avoir maté de plus coriaces.

– Et puis, il vous faut une invitation, monsieur. On ne peut pas entrer comme cela sur un plateau de télévision. Je suis désolée. Par contre, si vous le désirez, je peux vous remettre un dossier de candidature pour participer à notre nouvelle émission *On nage dans le bonheur.*

Le futur candidat faillit s'étrangler.

– Mais putain, vous le faites exprès ou quoi ? *Té-lé-foot*, je vous dis. *Té-lé-foot*. Quel étage ?

– Écoutez, monsieur, je vous ai déjà répondu sur ce point, il est inutile d'être grossier de surcroît. Et au cas où vous ne l'auriez pas remarqué, nous sommes en plein déménagement, alors merci de ne pas me faire perdre mon temps. J'appelle la sécurité si vous ne déguerpissez pas.

Le skin donna son traditionnel coup de pied de rage dans le comptoir et s'éloigna. La sécurité, il l'avait déjà bien baisée en passant dans son dos cinq minutes plus tôt, c'était pas ça qui l'empêcherait de trouver ce putain de plateau d'enregistrement. Et ces putains d'ascenseurs, ils étaient où ? On ne s'y retrouvait plus dans ce putain de merdier de caisses et de cartons et… Nom de Dieu ! Là-bas ! Tabor…

Les deux hommes se virent en même temps et se reconnurent instantanément. Vingt mètres à peine les séparaient. Gromezky s'élança en poussant un cri de guerre guttural qui figea l'assistance. Complètement pétrifié, l'agent recruteur ne bougea pas d'un poil. Il regardait bouche ouverte la bête humaine fondre sur lui et évaluait mentalement la distance avant le point d'impact.

Douze mètres… Huit… Cinq… Tabor ferma les yeux et serra les fesses. Il ne vit pas une silhouette ronde surgir de sa gauche, portable soudé à l'oreille, et couper la trajectoire du missile en treillis.

STOMP !

– Aaaaaahh, mon œil, mon œil !

Surpris d'être encore entier, l'impresario rouvrit aussitôt les siens et contempla l'étendue des dégâts. Gromezky, à terre, se massait le menton et essayait déjà de se relever. Tâche malaisée car un petit homme chauve et bedonnant reposait sur lui, couché sur le dos, les deux mains plaquées sur une paupière plus que tuméfiée. On frisait l'œuf d'autruche.

– Aaaaaaaahh, mon œil, mon œil !

– Tu vas pas la boucler, non ? cracha le skin en repoussant sans ménagement celui qu'il venait de télescoper. Mais pousse-toi de là, bordel !

L'autre persistait à peser sur l'estomac de Gromezky, et commençait à se rebeller.

– Mais vous êtes malade ? protesta-t-il en

commençant à se redresser. Y'a pas idée de courir comme ça ?

– Et toi, gros tas, tu peux pas t'arrêter pour donner un coup de fil ?

– Non mais dites donc, s'offusqua l'autre, vous savez à qui vous parlez ? Je suis Jean Mortadelle. Ça ne va pas se passer comme ça, mon jeune ami ! Allô, sécurité ! Sécurité ! Ici Mortadelle, à l'accueil.

Gromezky allait répliquer quand il s'aperçut que Tabor avait mis les voiles pendant l'intermède. Merde ! Et voilà que deux malabars du service d'ordre interne rappliquaient. Et tout ça à cause de ce con de comique de Mortadelle, l'animateur-star de l'*access prime time*. Le skin attrapa le spécialiste de la blague scathodique par le colback et lui fit lâcher son portable en le secouant comme un prunier. Et pour faire bonne mesure, il fit jaillir son revolver sous le nez des deux hommes de la sécurité et le pointa sur la tempe de Mortadelle. Les deux costauds se figèrent.

– O.K. les gros bras, commença calmement Gromezky, vous allez tranquillement me laisser sortir sinon vous aurez de la viande froide pour votre pause de midi...

– Laissez-le passer ! Laissez-le passer ! strida Mortadelle, que le rôle de garniture n'amusait pas.

Et ce qui fut dit fut fait. Le très recherché leader du Foot Aux Français traversa tout le hall avec l'amuseur public numéro un comme bouclier humain. Et pas une caméra, même de surveillance, pour immortaliser un instant pareil, quel dommage pour l'audience...

Une fois à l'air libre, Gromezky scruta les

alentours. Il ne mit pas de temps à repérer la silhouette de Tabor… entourée par deux Blacks, qui aussitôt le forcèrent à entrer dans une Seat aux portes curieusement bariolées.

– Dites, vous allez me relâcher, maintenant ? fit une petite voix piteuse au bout de son bras.

Gromy jeta un coup d'œil dans son dos et grogna : un groupe de vigiles s'était formé et se maintenait à distance respectable. Il fallait agir vite et ne pas se laisser prendre de vitesse.

– Pas question ! Conduis-moi à ta bagnole ! Et vite, ou *TF1* va être obligé de programmer en catastrophe une soirée d'hommage en ton honneur.

Mortadelle désigna une Safrane bleue à dix mètres d'eux. Gromezky lui fit ouvrir le côté passager, le poussa à l'intérieur et récupéra les clés. La Seat s'engageait sur le quai du Point-du-Jour au moment où Gromy la prit en chasse.

***

Dans la Seat Marbella, Tabor tirait une gueule de six pieds de long. Il se maudissait. Tomber sur ces types après avoir réussi à échapper à ce malade mental de Gromezky, c'était vraiment trop con ! À toute vitesse, son esprit retors essayait d'échafauder un plan Orsec pour se sauver la mise. Mais en réalité, la présence de Diagona et de Bandiagara dans la voiture l'amenait plutôt à penser que tout était foutu. Les deux joueurs s'étaient sûrement confiés à ce fouille-merde qui conduisait. Et le silence des trois hommes l'inquiétait plus que tout le reste. Les premières paroles prononcées par Diagona lui firent courir un frisson le long de l'échine.

– Gabriel, je crois bien que nous sommes suivis comme ils disent dans les films…

Tabor se tordit le cou pour voir la Renault se rapprocher à vitesse grand V. À son bord, Gromezky ricana, et appuya un peu plus sur le champignon.

14
Arrêts de jeu

– On fait moins le malin qu'avec son micro, tête de gland ? Si tu te tiens pas tranquille, je te fais exploser la cervelle ! Putain, t'imagines la gueule que t'aurais à la télé ! Tu ferais un carton d'enfer ! Soirée d'hommage, méga-audience et puis l'écran noir, la mire… Putain le pied ! Moi le Mortadelle, je vais te l'offrir en tranches… Je te préviens, le persil sur les couilles, ça va gratter !

Gromezky conduisait arme à la main. Il ne tenait pas à perdre de vue la petite voiture qui avait à son bord les joueurs africains et Tabor. Le périphérique n'était pas trop encombré et avec la Safrane, il pensait venir très rapidement goûter du pare-chocs.

– Si vous me laissez maintenant, je vous promets un paquet de pognon et même une Porsche !

– Ta Porsche, tu te la carres dans le fion et tu fermes ta gueule ! Tu m'empêches de conduire…

Ils avaient passé la porte de Clichy. La Seat Marbella offrait son petit cul. Plus que dix mètres. Plus que cinq mètres. Gromezky grillait la distance de sécurité.

– Bordel de bordel ! Y fait chier, ce putain de motard !

Un Suzukiste 750 qui ne voulait pas rater les bonnes occases aux puces de Saint-Ouen, s'était arrangé à 120 km/h un petit créneau entre la Safrane et la Seat. Super, la moto à Paris, je me faufile entre tous ces gros connards que d'ailleurs, j'emmerde, fit le clignotant de la moto à l'adresse du conducteur de la Safrane. La haine de Gromy clignota frénétiquement.

– Mais vous allez tuer ce type ! fit Mortadelle en s'accrochant à sa ceinture de sécurité comme s'il s'agissait d'un contrat pour le *prime-time*.

– Tu veux vraiment que je te bute !

Le pare-chocs de la Renault percuta l'arrière de la moto. Le motard se récupéra avec l'aisance d'une assiette du cirque de Pékin. À ce moment, la vie du motard casqué, botté, schottisé, était plus fragile que la porcelaine. Il tenta une sortie en doublant la Seat par la droite. Gromy l'en empêcha en donnant un deuxième coup de bélier. Le Suzukiste glissa, accroché à sa moto qui heurta violemment le parapet et ricocha vers le périphérique.

– Mon Dieu !

Mortadelle s'était retourné. Une fourgonnette avait pris de plein fouet le pilote. Les émissions à sensation ne lui avaient pas appris à voir la mort. Il pleura entre ses mains. Ses larmes n'étaient pas cathodiques.

– Maintenant, Tabor, tu vas sentir comment je vais t'enculer profond !

Il heurta l'arrière de la Marbella.

– Tu vas payer la mort de Crapo, vieux saligaud !

Il s'apprêtait à porter l'estocade quand d'un coup de rein, la Seat agrippa la sortie de la porte de Clignancourt. Chez Seat, on ne connaissait pas encore la série limitée Corrida. La manœuvre sauvage exécutée par Gromezky pour repiquer vers la sortie envoya Mortadelle embrasser son pilote. Un baiser de bowling salué par une salve de klaxons.

– Tire-toi, pédé !

Gromy donna un petit coup de crosse sur le crâne de son copilote involontaire. Mortadelle geignit et retrouva sa position crispée.

* * *

Avec quatre hommes dans la petite voiture de Cheryl, la température intérieure rivalisait avec celle enregistrée sous un casque de salon de coiffure et les effluves de sueur n'avaient rien à envier à celles de yacks en partouze sur la face nord de l'Annapurna.

– Attention ! Accrochez-vous ! Je braque vers la gauche. Direction Saint-Denis…

Le moteur n'était pas encore cramé. Malgré la rétrospective Hitchcock qui se donnait à guichets fermés depuis qu'ils avaient quitté Boulogne, le Poulpe pensait à la tête que ferait Cheryl en voyant sa Marbella transformée en machine de Tinguely. Pour cela, il fallait revenir vivant et là, il ne s'accordait pas plus de chance qu'à son pare-chocs arrière. Il espérait tant revoir Cheryl. Il espérait tant se faire pilonner les tympans par la colère de Cheryl.

– Dépêchez-vous ! Il nous colle encore aux basques, cet enragé !

Le dodelinement de la tête de Tabor à l'arrière de la voiture avait beaucoup à voir avec celui d'un petit teckel en toc. Pas un teckel avec un sourire à jamais béat, mais un teckel livide, happé par la peur.

– Le meilleur moyen de s'en débarrasser, c'est de te laisser au prochain feu. Tu es quelqu'un de très demandé, lui dit le Poulpe.

– Vous ne pouvez pas faire ça ! J'ai encore les moyens de mettre la pression sur tous mes joueurs, sur Biandagara et…

BOUM. C'est venu de sa droite. Biandagara, qui avait marqué cette année pas moins de sept buts de la tête, venait d'inscrire le plus beau. Un coup de boule d'anthologie. Tabor participa à la fête en faisant sabler le sang frais le long de son nez.

– Tabor, vous nous avez exploités, vous nous avez salis, vous avez lâché vos tueurs sur Marcel, notre tour ne devait sûrement pas tarder ! Et après ça vous croyez que vos pressions vont nous arrêter ! Moi, je ne me tais plus !

Pendant que les anciens protégés de Tabor réglaient leurs comptes, Gabriel, qui ne voulait pas être en réserve de la République, grilla deux feux mais il vit encore la truffe noire de la Safrane dans le rétro intérieur. Un nouveau plan de circulation devait être aménagé d'urgence.

***

– Je me sens pas bien du tout… je vais vomir…

– Qu'est-ce qui m'a foutu un empaffé pareil ? Déjà qu'à la télé, je te trouvais vraiment con, alors là… Si tu dégueules, je te crève la panse ! Putain, là je double et…

Le côté gauche de la rue était libre et la Safrane avait enfin assez d'élan pour arriver au niveau de la Marbella.

– Baisse ta vitre !

– Moi ?

– Grouille, Mortadelle !

– J'appuie là ?

– Bordel de pute à queue !

BANG BANG. Gromezky venait d'ouvrir lui-même la fenêtre avec son arme. BANG BANG. Deux autres balles installèrent la climatisation dans la Seat en brisant la vitre arrière. Les passagers de derrière s'étaient couchés à temps. Gromy vit deux scènes sur son Cinémascope : un bus arrivait en face et la petite voiture s'était scotchée au bitume pour ensuite s'enfiler une rue sur la droite.

– Ah, les enflures !

Frôlant l'avant du bus, la Renault fit un violent demi-tour qui l'amena à heurter le trottoir. Comme Gromy n'avait pas envie d'attendre deux ans pour le prochain contrôle technique, il accéléra dans l'insouciance et la mauvaise humeur.

– Ces enculés ne vont pas m'échapper ! cria le tueur en déglutissant le goût du sang qui lui venait à la bouche.

La rue était à sens unique et la petite voiture germano-espagnole avait été ralentie par une R 19 que son propriétaire méticuleux avait sorti de sa housse comme tous les dimanches. Gromy au volant de sa Safrane ministérielle ne mit guère de temps à repérer sa cible, qui, au bout de la rue, repiquait vers la gauche. Il pista les traces.

– Le merdeux, tu sais c'est quoi ce gros bidet planté au milieu des cocos et des bougnoules ?

– J'sais pas, c'est pas le truc où on enterre les rois de France ?

– T'as fini de jouer les taches ! Tu invites trop

de nazes à tes émissions. Ça te vérole le cerveau. Ce truc, c'est le Stade de France. La gloire du foot français en plein dans Cocoland et Zoulouland. S'ils l'avaient refilé au PSG après la Coupe du Monde, j'peux te dire qu'on aurait fait du ménage le samedi soir !

* * *

– C'est cette bête de guerre que tu avais payé pour flinguer Kabalo ? Il est pas reconnaissant, l'animal. T'aurais pas oublié de le payer, par hasard ?

– C'est quoi ces conneries ?

Biandagara écrasa son poing sur la figure de Tabor.

– Kabalo, il a toute de suite compris que tu voulais lui faire la peau, dès le soir où Schumacher s'est fait buter. Il savait que c'était lui qui était visé. Il n'en a rien dit à la police. Il se préparait à plier bagages avant que tes tueurs ne le retrouvent.

Ils avaient un monstre aux fesses et pourtant le danger avait émoustillé les capacités de synthèse du Poulpe.

– Tu as inventé toute cette histoire de FAF pour te débarrasser de Kabalo ? Comment t'expliques qu'on ait trouvé le cadavre de Vergnes avec celui de ce skin ?

– On voulait tout arrêter après la mort de Kabalo mais Gromezky, le meneur, ne voulait plus rien savoir. Il y croyait, au Grand Nettoyage ! Y a donc eu du grabuge... Je vous jure que je voulais tout arrêter !

Tabor fit toute sa confesse à l'abri de ses mains. Biandagara lui enfonça les abdominaux.

CLANG ! La Marbella, plus belle à voir, avait été secouée mais Gabriel parvint à garder le contrôle du véhicule. Alors qu'il croyait avoir semé l'électron tueur, le voilà qui revenait à la charge. Il avait bien l'un des joujoux de Pedro mais, entre tirer et conduire, il fallait choisir. Gabriel remit de la pression juste devant les grilles du Stade de France mais le hurlement du moteur n'accoucha que d'un démarrage en trombinette. Égrenant leur chapelet de saucisses lyophilisées, les capitaines courageux shampouinés par les cinquantièmes rugissants attendaient la dernière tempête. Un cyclone nommé Safrane.

CLANG ! SCRATCH ! Le vol de biais de la voiture de Cheryl toucha de plein fouet les grilles qui se couchèrent pour la laisser exécuter le fameux double-tonneau piqué.

* * *

Descendu de la voiture, après avoir offert à Mortadelle son 7 d'or du meilleur animateur, un magnifique poing dans la figure sculpté par ses propres soins, Gromezky courut vers le cratère où fumait la Seat.

– Fais chier ! Y'a pas un poil de zob dans cette putain de caisse !

Sa flamme olympique au poing, l'athlète du dessoudage se précipita vers l'une des imposantes entrées du grand stade. Des odes à la joie de tuer résonnaient dans sa tête, l'encourageaient à allonger la foulée. Il rentra enfin dans le stade, essoufflé, excité par les cris de haine qu'il faisait gronder. La première épreuve de son décathlon de la rage meurtrière fut la descente d'escalier. Soudain, alors qu'il était presque arrivé au bas, il entendit des martèlements accompagnés de mystérieuses polyphonies étrangères :

– *Ze mozesz mi podac rezecz ktora jest przed tobea ?*

– *Ta - tutaj ?*

– *Tak.*

– *Trzymaj !*

L'entreprise allemande qui avait remporté le marché de la construction avait recruté des ouvriers polonais. Ces infatigables travailleurs avaient réussi à terminer l'ouvrage dans les délais et étaient rentrés au pays un peu fourbus. Mais ils furent bien vite rappelés pour un stage de perfectionnement : à peine terminé, le Stade de France imitait l'Opéra Bastille. Grandes heures et décadence du prestige monumental français. Des plaques se déchaussaient, des canalisations avaient la rhinopharyngite facile, et même si la pelouse, lassée de ses mèches jaunes, était passée au vert réglementaire après un gros shampoing d'engrais, le SDF devenait un malade récalcitrant toujours entre deux cures.

À grands pas méticuleux, Gromezky se tailla, à travers les piles de béton, un itinéraire bis. Deuxième épreuve : l'approche discrète. Il vit le dos de deux hommes lâchant de petits signaux de fumée à l'intention de la ligue contre le tabac. Assis dans la tribune présidentielle, ils présidaient à l'inauguration de deux canettes de bière, passant sur leur chantier un improbable dimanche. Bien calé dans ses starting-blocks, Gromy démarra la troisième épreuve : le braquage sur la nuque. Le jeune blond à moustache poussa un cri et lâcha sa bouteille. Son copain au crâne ras se retourna vivement avant de lever les bras.

– Calmos les blaireaux ! Vous allez gentiment causer.

– *My jestesmy polakami !* implora l'ouvrier au crâne ras.

– Vous faites chier ! J'vous ai parlé en français. On est en France, ici ! Z'avez pas vu à l'entrée : Stade de France ! N'oubliez pas que c'est la France qui vous donne à bouffer !

– Nous… Polonais ! Nous… Polonais ! dit à nouveau celui qui n'avait pas l'arme de Gromy enfoncée dans la nuque.

– Des Polonais ? Ça change rien ! Des sangsues comme les autres !

Dans les années 20, son grand-père paternel était venu de Pologne pour s'installer dans le nord de la France. Il n'avait jamais connu son grand-père. Il n'avait jamais appris le polonais. Personne, dans les mouvements skins, n'avait osé le traiter de Polak ! Gromezky était français et se voulait le sauveur de la pureté française et ce n'était pas ces ouvriers venus du pays des ancêtres qui allaient lui faire lâcher prise dans son combat pour la France.

– Vous allez me dire si vous n'avez pas vu quatre types ?

– *My jestesmy polakami*… Pas comprendre ! reprit l'homme au crâne ras, ce qui énerva encore plus le tueur. Il empoigna le moustachu par les cheveux, le mit debout et braqua son arme vers l'autre. Gromy semblait tout ignorer des arts martiaux slaves. D'un ample râteau poznanais, le moustachu déséquilibra son agresseur puis se jeta sur lui pour l'immobiliser, enfin surtout son bras droit qui tenait l'arme. Quatrième épreuve : la lutte skino-polonaise. BANG. Gromezky tira alors que le maître du kung-fu vistulien avait déjà organisé un putsch sur son bras droit. La balle partit tester l'épaisseur des murs. Sa main passée au Sanibroyeur cracovien lâcha l'arme. Une grosse éruption volcanique se libéra dans le corps du catcheur couché. De bouillonnantes coulées de salive et de jurons acides jaillirent du cratère denté. La ruade de Gromezky déséquilibra son adversaire. Le skin ouvrit la pêche au flingue en bondissant là où palpitait le barillet de son arme. Il s'en saisit, puis chercha sa cible. Le moustachu était encore les genoux à terre.

* * *

– Vous avez entendu ? dit Biandagara en se retournant vers ce qui devait être la sortie des vestiaires.

Les quatre se précipitèrent vers l'extérieur. L'enceinte du stade faisait résonner le tir. Pas de frisson dans les travées, seulement le silence du béton.

– Regardez là-bas ! Diagona désigna la tribune présidentielle.

Ce que vit Gabriel, à une centaine de mètres de là, n'était pas une chamaillerie protocolaire entre hommes politiques mais un grand skin s'apprêtant à donner une fatale bénédiction à un homme agenouillé. Rien ne manquait à l'homme qui les avait pourchassés jusqu'ici pour en faire le portrait-robot du tueur impitoyable, le gendre idéal du Mal, le physique géologique, la mine explosive, l'arme obéissante. Rien ne manquait, sauf un rétroviseur vissé à son crâne lisse pour surveiller si la caravane ne se décrochait ou si un type ne se précipitait pas une truelle à la main... D'un coup brutal, l'homme à la truelle sauva la vie de son ami en refaisant les jointures de la tête du tueur. Le Poulpe vit alors le skin faire la hola, trébucher et tomber de la tribune. Dernière épreuve : Gromezky se fakirise sur une forêt de pieux métalliques.

* * *

– Soulagé, Tabor ? Tu te voyais finir comme ça ? dit Gabriel, en se retournant vers l'agent encore plus amoché depuis qu'il avait tenté de leur fausser compagnie. Biandagara avait ajouté une peignée au forfait esthétique de Tabor.

Les travaux publics étaient terminés. Ils avaient aidé les ouvriers polonais, d'abord à se consoler, à ne pas s'inquiéter puis à préparer la bétonnière pour faire couler du béton frais sur la pile où Gromezky avait terminé son saut. De son cercueil en béton, le tueur du Foot Aux Français allait être aux premières loges pour assister à la victoire d'une équipe africaine en finale de la Coupe du Monde. Avec onze joueurs africains entamant une danse joyeuse juste au-dessus du caveau.

Ils sortirent du stade. Dans la Safrane, ils découvrirent Mortadelle. Gabriel, ayant pris le volant de la voiture, déposa Mortadelle à la première station de métro. La sale tête qu'il avait récolté de sa prise d'otage le dispenserait de signer des autographes dans la rame.

15
Coup de sifflet final

La voiture avait passé le pont Alexandre-III. Tabor pensait au Piccadilly en 1979. C'était sa dernière année à Rennes et il oubliait sa perte de vitesse dans les fonds de verre du repaire pour fauves nyctalopes de la place de la Mairie. Avec Chris qu'il avait copieusement cocufié, Jos l'international polonais caractériel et deux espoirs de moins en moins attendus, ils avaient provoqué des costauds de la ZUP Sud, histoire de gagner une rencontre après l'humiliation subie au stade de la route de Lorient. Même cette minable bataille de poivrots, ils n'avaient pas été fichus de la remporter. Tout ce que les ZUPistes lui avaient accordé, c'était de partir à l'hôtel-Dieu avec un poignet démis, une tête déstructurée et retapissée en rouge sang, celle d'un joueur qui aurait embrassé les poteaux carrés de Glasgow. Au réveil, il s'était promis de ne plus ressentir le goût du sang dans la bouche. Ne plus goûter à l'amertume de son sang. Cette promesse avait été tenue jusqu'à ce dimanche. Loin du Piccadilly, Tabor égouttait ses blessures sur ses genoux, vissé à son siège par Biandagara.

Après avoir fait accoster la voiture dans la rue Barbet-de-Jouy, le Poulpe guida son commando vers le numéro où se trouvait le bureau de Tabor. Un pourboire au code d'entrée, puis ils déboulèrent au deuxième étage, où l'agent consentit à leur ouvrir la porte à condition d'y fêter ensemble la pendaison de la crémaillère.

– Où sont cachées tes saloperies de médocs ?

Gabriel secouait Tabor comme un prunier, mais c'est Diagona qui prit la parole en se déplaçant vers la porte située à droite du vestibule d'entrée.

– Tout se passait derrière cette porte. Il prenait les produits dans un classeur métallique à tiroirs et dans la foulée, monsieur Vergnes nous faisait les injections.

En se lançant dans cette affaire de foot, le Poulpe avait été loin de se douter qu'elle allait prendre ce cachet feuilletonesque. Lourde porte mystérieuse, complot criminel, révélations badaboumantes, laboratoire clandestin, âmes maléfiques aimant leur métier. Que soudainement, le docteur Sadicus fasse une entrée au milieu de fumerolles violettes et sataniques ne l'aurait pas surpris. Empoignant l'affairiste Sadicus à la claudication gémissante, les forces du Bien pénétrèrent dans la terrible antre pharmaceutique.

– Tu n'es plus très beau à voir mais tu n'as sûrement pas envie de finir en un si beau dimanche après-midi. Tu risquerais de rater *l'École des fans*.

Auprès des tempes de Tabor, l'arme de Gabriel jouait les guêpes taquineuses.

– Donne-nous la clé du tiroir où tu ranges ta supérette de la dope !

Courbé, grimaçant, cabossé, il donna son trousseau de clés en pinçant la bonne clé. Gabriel ne reconnaissait plus le type sûr de lui, tel qu'il l'avait vu à la salle de jeux, qui, à la tête de la sélection argentine, l'avait privé de sa Coupe du Monde.

– Quel tiroir ?

– Le troisième à partir du haut avec l'étiquette santé du sport.

– Et pourquoi pas foot et tilleul-menthe ?

Pendant que Bandiagara assurait le marquage de l'agent, le Poulpe et Diagona vidèrent le tiroir de son contenu, à savoir douze boîtes identiques qu'ils posèrent sur le bureau. La présentation des boîtes laissait croire qu'il ne s'agissait pas de produits commercialisés. Chaque boîte avait une étiquette sur laquelle on pouvait lire : H.i.é. * Hémo-Istra-Élan – Laboratoire Biomesic – Réf. : 11/04/67. En ouvrant une des boîtes, Gabriel y compta quatre ampoules puis s'adressa à Tabor.

– Alors les voilà, les nouveaux dopants miracle ? Vous avez eu le temps de les faire essayer par vos joueurs ?

– Non. Je devais commencer par Kabalo mais il commençait à péter les plombs.

– Ça te va bien de parler de pétage de plombs ! C'est quoi au juste, ce produit ?

Tabor semblait hésiter mais l'agressivité contenue du calibre du Poulpe l'en empêcha.

– C'est un tout nouveau produit. Avec le laboratoire, on l'appelait simplement le Turbo-injection. Je sais seulement qu'il est obtenu à partir d'hémoglobine humaine ou animale et qu'il apporte un surplus d'oxygène. Théoriquement, il avait le gros avantage de passer inaperçu au contrôle sanguin.

– Pas comme les produits dont on a trouvé des traces chez Kabalo lors de l'autopsie.

– Pourquoi vous dites ça ? La presse n'en a pas parlé…

– Faut le dire si elles ne te plaisent pas, mes sources ! Continue.

– Avec les autres, j'avais expérimenté des produits améliorés mais avec Marcel, qui était plus ancien dans la combine, j'avais utilisé des stocks d'ampoules d'Érythropoïetine à bazarder. C'est un truc qui augmente le nombre des globules rouges mais au niveau des contrôles, ce n'était vraiment plus le fin du fin.

– Monsieur nous joue les gastronomes... Le fin du fin. Moi, je la sens la fin de ta fin... Comment faisais-tu ton marché de produits primeurs ?

– Je traitais avec un laboratoire qui me donnait des produits à expérimenter sur mes joueurs avant une plus large diffusion, médicale et sportive.

– Le tout accompagné de belles enveloppes... L'empoisonnement de tes joueurs a dû te rapporter un sacré blé. Et ce labo, il se trouve où ? On ne va pas te faire plonger tout seul dans le grand bassin.

– Vous croyez pas que j'ai assez joué la balance ?

– Mieux vaut être une balance qui respire toujours qu'une balance pas plus vivante qu'une Terraillon.

À force de se tamponner le visage, avec son grand mouchoir, il avait réussi à en faire un mouchoir rouge de Cholet.

– Biomesic est une boîte située dans l'Essonne, dans la ZI du Cèdre, à Arpajon.

– Tu as bien rencontré des types de la boîte pour conclure ce marchandage sordide ? Je veux aussi leur nom.

– Vous allez me laisser en vie ?

– Si tu ne parles pas, sûrement pas !

– Je n'avais qu'un contact du laboratoire, c'était un des dirigeants les plus importants de la boîte, un genre de directeur du développement, Patrick Rampart.

– Tu sais, toute cette histoire m'a coûté beaucoup d'efforts et de pognon. Je ne peux rendre la justice qu'en faisant la manche. Dans ton bureau, tu dois bien avoir un joli petit coffre, dans lequel tu vas généreusement piocher pour raffermir la cohésion sociale.

Pressentant le manque de coopération de Tabor mais surtout pour apaiser ses envies de meurtre, Bandiagara, poing droit en accélération, lui emboutit le ventre. Le crépuscule avait dévoré le ring. Les trois hommes transportèrent l'épave vers la pièce principale de son bureau où il recevait sa clientèle. Suite aux confessions chuintantes de Tabor, le Poulpe put obtenir l'ouverture du coffre, qui lui rapporta quelques pièces de documents qui pouvaient toujours être utiles mais pas suffisamment de liasses de billets pour ouvrir avec son Polikarpov la route Paris-Vladivostok. Il se dit qu'en passant au laboratoire, il pourrait parvenir à boucler son budget. Les documents compromettants étaient, selon lui, la meilleure garantie pour obtenir un prêt sans intérêt.

Derrière eux, ils laissèrent le 7ème arrondissement. Derrière eux, ils laissèrent Tabor décoller, trembler, vomir, crier, pleurer et peut-être mourir. Derrière eux, ils laissèrent dix ampoules vides qu'ils lui avaient injectées en triturant ses veines. Derrière eux, ils laissèrent le docteur Sadicus mais il n'avait plus de fumerolles violettes pour faire peur. Le régisseur regarda sa montre car il était bientôt l'heure de baisser le rideau.

* * *

Les deux joueurs avaient passé une autre nuit chez Cheryl. Les yeux rivés sur ses chaussures cramponnées au gazon de l'appartement, Gabriel avait raconté dans le menu détail, le suicide de la Marbella de Cheryl. Elle effleura le Poulpe. Une madone de Raphaël. Déjà lassée par l'avant-gardisme de son joueur du Red Star, elle avait même décommandé la visite d'une expo de corps-objets qui présentait, entre autres, une chambre noire pour anus et un moulage dentaire avec décapsuleur intégré, pour partager avec eux les aubergines farcies du soir. Le lendemain, Biandagara et Diagona avaient prévu de revenir à Auxerre par le train. Quant à Gabriel, il échafaudait déjà sa visite chez Biomesic. Il se rappelait un peu Arpajon pour avoir participé, quand il était gamin, à la fameuse fête des haricots. La N20 lui tendait ses bras goudronnés.

– Quand est-ce que je n'entendrai plus parler de foot ?

– À partir de demain, Cheryl, je te promets qu'on n'en parlera plus. Avec toutes les saletés que j'ai découvertes, le foot a de beaux jours devant lui, jusqu'à la gangrène.

– Gabriel, fais-moi un happening…

Le Poulpe n'avait jamais assisté à une performance artistique mais cette nuit-là il devint un grand créateur.

* * *

– J'aimerais parler à monsieur Rampart.

– Vous avez rendez-vous à quel nom ?

– Dites seulement que je suis un ami de monsieur Tabor et que je n'ai pas envie d'attendre.

Rendue fébrile par le ton polaire de son interlocuteur, la secrétaire prit son combiné et fit l'Annonciation de Gabriel.

– Monsieur Rampart vous attend. Deuxième étage, bureau n° 3. Prenez l'ascenseur à gauche.

Sans frapper, Gabriel entra dans le bureau. Deux coups de tentacules lui avaient permis de nager dans un monde de silence. Derrière ses lunettes multicorails, la secrétaire n'eut même pas le temps de jeter le filet. Pour foncer vers sa pitance, le mollusque ignore les paliers et le mal des profondeurs. Obséquieuse et vitrée, la porte du directeur du développement lui fit la politesse de s'ouvrir. Étroit quadra avec le visage serré d'un cul de janséniste, son crustacé s'offrait à lui, incrusté sur son fauteuil en cuir fauve.

– Rampart, vous avez dix secondes pour dire à votre secrétaire d'aller prendre une pause à la machine à café !

– Ce n'est pas parce que vous venez au nom de monsieur Tabor que vous avez à me parler sur ce ton !

– Mon ton, je le sers comme je veux ! Si vous ne l'aimez pas à la sauce piquante, peut-être que vous le préférez à la sauce ripoux aromatisée à la dope pour sportifs ?

– C'est quoi, ce numéro que vous me faites ? Je ne vous ai jamais vu avec monsieur Tabor et son associé.

– Il ne vous reste plus que cinq secondes pour envoyer votre secrétaire se brûler les lèvres avec un infect expresso !

D'un geste tout sauf sensuel, le Poulpe dézippa

son blouson pour lui faire voir le flingue, dont le canon prenait le chaud dans son jean. Sur le visage de Rampart s'ouvrit la grande semaine du blanc. Apeuré sur son fauteuil – fauve, fauve, fauve, douché par la sueur – froide, froide, froide, le directeur du développement planifia sur son agenda trois pas sans contrat d'assurance vers la porte vitrée dans l'intention de proposer une pause-café à la secrétaire à qui tous voulaient faire goûter du robusta sans savoir si elle n'avait pas plutôt une préférence pour le thé citron. En un tour de jupe, elle partit.

– J'ai les preuves de votre commerce avec monsieur Tabor. Considérez-le désormais comme un joueur hors du terrain. Si vous voulez tester vos produits, il faudra oublier les cobayes en shorts. Vous concevez des produits à usage médical mais ça ne semble pas vous poser de problèmes de conscience de savoir que vous avez plongé la vie de jeunes dans l'enfer de la dope ?

– À partir du moment où nous les vendons, nous ne sommes plus responsables de l'usage qui peut-être fait de ces produits.

– Réservez votre beau discours de vendeur pour votre clientèle à blouse blanche. Ce que j'ai vu chez Tabor, ce sont des produits pas encore commercialisés. Le H.i.é, le Turbo-injection, cela ne vous dit sûrement rien ?

Le bon génie de la lampe manquait à Rampart. Il lui aurait bien demandé de lui faxer d'abord un corps dix fois plus volumineux que son gabarit de jockey pour courses de lévriers, un lance-roquettes et enfin, en troisième vœu, une couche-culotte avec des élastiques là, là et là.

– L'H.i.é, c'est notre hémoglobine semi-synthétique qui transporte un surplus d'oxygène dans le plasma... Pourquoi tout cela vous intéresse ? Vous appartenez à la concurrence ? Et qu'avez-vous fait de monsieur Tabor ?

– Vous voulez aussi savoir si je fais du 95 C ou si la nuit je porte des bas résilles ? Je ne suis pas là pour écouter vos questions mais pour qu'enfin vous vous en posiez... Du genre : quel beau merdier va provoquer chez Biomesic la divulgation de ce que je détiens ?

– Notre société est respectable !

– Respectable ! Faut arrêter les hallus ! Un goret n'oserait même pas s'approcher de votre fosse à purin. Chez vous, ça pue le pourrissement, la gangrène. Tout votre commerce se nourrit de cette chair à perfusion, de zombies surmusclés. Vous avez aidé à faire du sport le plus grand hypermarché de la dope, le paradis des tricheurs, le vivier des hypocrites, une machine à broyer la jeunesse, un beau merdier cancérigène. Vous allez trinquer...

Le Poulpe déménagea Rampart jusqu'à son fauteuil. Pas plus de soin qu'avec une huche à pain aveyronnaise. Le directeur du développement imprima une tronche de pain de mie. La fiche cuisine du croque-monsieur en tête, Gabriel s'apprêtait à tartiner.

– Vous êtes complètement taré, la sécurité ne va pas tarder à rappliquer. Vous allez voir, la secrétaire a dû s'inquiéter.

– Ta daube, tu la sers pour les séminaires de technico-commerciaux ! T'as quand même raison sur un point : la sécurité va rappliquer.

La direction de Poulpland est heureuse de vous présenter sa nouvelle attraction : le distributeur de pop-corn dans la panse. Tremblement du fond assuré. Coca-Cola aux glaçons. Space Mountain vers l'extrême-onction.

Préférant Pluto vivant que Pluto mort, Rampart se tut. Son bronzage UV était parti en goguette et il urina sans passer par la dame-pipi. Comme un gamin pris en faute, il écouta sagement humidifié dans son fauteuil ce que le Poulpe attendait de lui. À HEC, on ne lui avait jamais appris cette façon de négocier, pas plus qu'à pisser dans son froc.

* * *

Laissant derrière lui la cité des haricots, le Poulpe n'eut aucun mot contre la sécheresse ou contre la politique agricole commune : la récolte serait bonne. Il sentait frétiller son Polikarpov. Les joueurs de Tabor recevraient de grosses sommes prélevées chez Biomésic. Quels dédommagements pouvaient réparer leurs organismes trafiqués, leurs vies truquées ? Quelle campagne de presse, qu'il se promettait de déclencher, pourrait leur donner une autre chance, un autre coup d'envoi ? Il enclencha une cassette pour ne pas déverser ses idées noires sur les bas-côtés de la N20. Léonard Cohen feutra les baffles avec *Everybody knows* :

« Everybody knows that the dice are loaded. Everybody rolls with their fingers crossed. Everybody knows the war is over. Everybody knows the good guys lost. Everybody knows the fight was

fixed : the poor stay poor, the rich get rich. That's how it goes. Everybody knows.»

Alors plus rien n'empêcha le Poulpe de se vider de son amertume.

16
Au vestiaire

Les dix fois vingt mille francs récupérés à Biomésic dispensèrent Gabriel de repasser par la case départ. Il délaissa donc un moment son restaurant favori, au grand dam de Gérard, qui dut se contenter de la lecture de l'article du *Parisien «Expériences terminées pour le labo véreux»* pour connaître le dénouement de l'histoire. Le Poulpe fit également la sourde oreille aux appels de Le Roch, qui voulait le noyer sous des litres de cidre fermier de sa fabrication, en remerciement des services rendus à la Bretagne. Gabriel n'étant sûr ni de la provenance du breuvage, ni de la fiabilité de son tube digestif, s'abstint donc également de franchir le seuil de La Bolée du Trégor.

Il mit cette discrétion à profit pour se rendre à l'aérodrome de Moisselles où Raymond, son pote mécano, lui reconstituait avec amour un Polikarpov datant de la guerre d'Espagne. Et comme en amour, il y a toujours des rapports, Gabriel était venu avec une partie de son trésor de guerre, car il savait que Raymond négocierait son prix avant de s'atteler à la tâche. Ils s'entendirent cette fois-ci sur l'altimètre, hors-service, et que Raymond pourrait remettre d'aplomb au prix de longues heures de patience.

À son retour à Paris, il passa au salon de Cheryl, y récupéra deux lettres et laissa en échange à sa belle, absente, l'adresse du concessionnaire où il avait passé commande d'une Seat Marbella flambant neuve. Une version exactement à l'identique de celle ratatinée quelques jours plus tôt.

La première émanait de l'Aéro-club de Juvisy, où il venait de s'inscrire pour vingt heures de vol. Le Polikarpov commençait à prendre sérieusement forme, il s'agissait maintenant d'être à la hauteur pour le faire décoller le jour J…

L'autre lettre provenait du Cameroun. Gabriel en fut un peu surpris, moins lorsqu'il lut la signature au bas de la grande feuille écrite d'un seul côté.

Cher Gabriel,

Je ne sais pas si tout le monde peut vous remercier d'avoir mis votre nez dans nos affaires. Comme vous le savez, tous les joueurs convaincus de dopage au H.i.é. ont été convoqués devant une commission disciplinaire de la FIFA. Nous attendions un minimum de clémence de la part de nos juges. Ils la gardèrent pour eux, et nous avons tous écopé d'un an de suspension ferme, avec interdiction de jouer dans le monde entier. Peut-être que si nous avions été européens... Enfin, tout cela aura eu au moins le mérite de déclencher une série de contrôles inopinés dans pratiquement tous les championnats nationaux et de débusquer plus d'un canard boiteux. On verra si la FIFA est aussi ferme mais j'ai des doutes... En attendant, ici, plus de la moitié d'entre nous ne rejouera plus au football de haut niveau. Un an d'interruption, c'est fatal... Personnellement, j'ai accepté un poste d'entraîneur adjoint à Yaoundé, histoire de rester dans le milieu. Ça au moins ne m'a pas été interdit. Et avec le temps, j'espère un jour m'occuper de l'équipe nationale. Lorsque la Coupe du Monde aura enfin lieu chez nous en Afrique, par exemple. Ce jour-là, je suis sûr que rien ne pourra nous arrêter...

Bon vent

Olivier Diagona

DÉJÀ PARUS AUX ÉDITIONS BALEINE

Le Poulpe

1. Jean-Bernard Pouy - *La petite écuyère a cafté*
   Prix Paul Féval de littérature populaire 1996
2. Serge Quadruppani - *Saigne sur mer*
4. Patrick Raynal - *Arrêtez le carrelage*
7. Didier Daeninckx - *Nazis dans le métro*
8. Noël Simsolo - *Un travelo nommé désir*
9. Franck Pavloff - *Un trou dans la zone*
11. Paul Vecchiali - *La pieuvre par neuf*
12. Jean-Jacques Reboux - *La cerise sur le gâteux*
13. Claude Mesplède - *Le cantique des cantines*
14. Pascal Dessaint - *Les pis rennais*
15. Olivier Thiébaut - *Les pieds de la dame aux clebs*
16. Gérard Delteil - *Chili incarné*
17. Bertrand Delcour - *Les sectes mercenaires*
18. Roger Martin - *Le G.A.L., l'égout*
19. Jean-Christophe Pinpin - *Les gens bons bâillonnés*
20. Hervé Prudon - *Ouarzazate et mourir*
21. Guillaume Nicloux - *Le saint des seins*
26. Roger Dadoun - *Allah recherche l'autan perdu*
27. Pascale Fonteneau - *Les damnés de l'artère*
28. Sylvie Granotier - *Comme un coq en plâtre*
31. Romain Goupil - *Lundi, c'est sodomie*
32. Olivier Douyère - *Bunker menteur*
34. François Joly - *Chicagone*
35. Michel Chevron - *J'irai faire Kafka sur vos tombes*
37. Mano Gentil - *Boucher double*
39. Mouloud Akkouche - *Causse toujours !*
40. Serge Meynard - *Lapin dixit*
41. Chantal Pelletier - *Lavande tuera*
43. Michel Cardoze - *Du hachis à Parmentier*
44. Jacques Vallet - *L'amour tarde à Dijon*
48. Gérard Lefort - *Vomi soit qui malle y pense*
49. Yannick Bourg - *Les potes de la perception*

50. Aïdé Caillot - *Le Karma saut'ra*
54. Alain Puiseux - *Je repars à Zorro*
55. Alain Bellet - *Danse avec Loulou*
58. Cesare Battisti - *J'aurai ta Pau*
59. Lucio Mad - *Dakar en barre*
60. Stéphanie Benson - *Crève de plaisanterie*
64. Bruce Mayence - *La Belge et la bête*
65. Hervé Mestron - *Eva te faire voir !*
66. Guillaume Darnaud - *Le crépuscule des vieux*

Coffret Un été de Poulpe (trois titres) :

69. Fabienne Tsaï - *Sans foie ni loi*
70. Alain Raybaud - *La lune dans le congélo*
71. Guillaume Chérel - *Tropique du grand cerf*
72. Jacky Pop - *La neige du killerman manchot*
73. Gérard Lecas - *Satanique ta mère !*
74. Evane Hanska - *Le bal des dégoûtantes*
78. Serge Livrozet - *Nice Baie d'aisance*
79. Jean-Luc Poisson - *Le chien des bas serviles*
82. Laurent Fétis - *L'aorte sauvage*
83. Hervé Korian - *Les bêtes du Gévaudan*
84. Woô Manh - *Docteur J'abuse*
87. Jean-Pierre Andrevon - *Papy end*
88. Jacques Albina - *Lazare dîne à Luynes*
89. Hervé Le Tellier - *La disparition de Perek*

Joyeux Gabriel (coffret quatre titres) :

92. Robert Deleuse - *La bête au bois dormant*
93. Christian Congiu - *La Nantes religieuse*
94. Chantal Montellier - *La dingue aux marrons*
95. Pierre-Alain Mesplède - *E pericoloso for Jersey*

Et heureux Poulpe (coffret quatre titres) :

96. Patrick Eris - *Une balle dans l'esthète*
97. Gilles Vidal - *Les deniers du colt*
98. Monique Demerson - *Fugue en Nîmes majeur*
99. Jean-Pierre Huster - *Touchez pas au grizzli*

Cent pour sang bande dessinée (coffret trois titres)

100. Mako - *Le Nord aux dents*
101. Olivier Balez - *L'Opus à l'oreille*
102. Jean-Luc Cochet - *La bande décimée*
103. Jean-Jacques Busino - *Au nom du piètre qui a l'essieu*
104. Paul Milan - *Légitime défonce*
105. Grégoire Carbasse - *L'Helvète underground*
108. Philippe Carrese - *Allons au fond de l'apathie*
109. Michel Boujut - *Les Jarnaqueurs*
110. Catherine Fradier - *Un poison nommé Rwanda*
113. Georges-J. Arnaud - *L'antizyklon des atroces*
114. Serge Turbé - *Ataxie pour Hazebrouck*
115. Grégoire Forbin - *Zombi la mouche*
118. José-Louis Bocquet - *Zarmaggedon*
119. Bellanti & Vacher - *Le manuscrit de la mémère morte*
120. Sylvie Rouch - *Meufs Mimosas*
123. Pierre Filoche - *Éros les tanna tous*
124. Michel Musolino - *Plus dur sera le chiite*
125. Didier Vandemelk - *Le carnaval de Denise*
128. M. Pelé & F. Prilleux - *Kop d'immondes*
129. François Billard - *Don qui shoote et la manque*
130. J.-P. Deleixhe, G. Delhasse & C. Libens - *Du pont liégeois*

Instantanés de Polar

3. Franck Pavloff - *Foulée noire*
5. Olivier Thiébaut - *Larmes de fond*
6. Jean-Jacques Reboux - *Le massacre des innocents*
   Trophée 813 du meilleur roman francophone 1996
10. Noël Simsolo - *Couleur sang*
22. Guillaume Nicloux - *Zoocity*
38. Bertrand Delcour - *Zen*
47. Jean-Jacques Reboux - *Fondu au noir*
53. Michel Chevron - *Les Purifiants*

57. Yasmina Khadra - *Morituri*
Trophée 813 du meilleur roman francophone 1997
63. Pierre Siniac - *L'affreux joujou*
68. Noël Simsolo - *Apocalypse Nord*
77. Pascale Fonteneau - *La puissance du désordre*
81. Yasmina Khadra - *Double blanc*
86. Patrick Mercado - *Scooter triades*
91. Patrick Raynal - *Nice-Est*
107. Franck Pavloff - *Les yeux de Bee*
112. Sylvie Granotier - *Courrier posthume*
117. Jean-Jacques Reboux - *Poste mortem*
126. Yasmina Khadra - *L'automne des chimères*
131. Yves Bulteau - *Paso de la muerte*

Canaille/Revolver

23. Jean-Bernard Pouy - *Spinoza encule Hegel*
24. Patrick Raynal - *La clef de seize*
25. Anne Matalon - *Petit abécédaire des entreprises malheureuses*
29. Michel Chevron - *Fille de sang*
30. Emma Christa - *Elles sont pas croyables !*
33. Alexandre Dumal - *Burundunga !*
36. Pierre Filoche - *Le banquet des ogres*
42. Gilles Vander - *Divan terrible*
45. Gérard Lecas - *MLF vaincra !*
46. Sylvie Picard - *Serial victime*
51. Dashiell Penac'h - *Le deuil dans le miroir*
52. Pierre Fossard - *Je suis un assassin*
56. Pierre Cherruau - *Nena Rastaquouère*
61. Pierre Filoche - *Quand on a que la mort*
62. Sylvie Rouch - *Zoé s'en va-t-au ciel*
67. Patrick Raynal - *Nice 42ème rue*
75. Anne Matalon - *Alba Capra*
76. Evane Hanska - *Une hirondelle dans le beffroi*
80. Yves Bulteau - *Naïma*
85. Jean-Pierre Andrevon - *Blanche est la couleur des rêves*
90. François Joly - *Le grand blanc*

106. Brigitte Dyan - *Un soupçon de vertu*
111. Jean-Bernard Pouy - *À sec !*
116. Jocelyne Sauvard - *La nuit du rappeur*
121. Frédéric Chagnard - *Cinq jours sur Terre*
122. François Vitalis - *L'arène des pigeons*
127. Chawki Amari - *De bonnes nouvelles d'Algérie*
132. Pierre Siniac - *Bazar bizarre*

Tourisme & Polar

Jean-Bernard Pouy - *J'ai fait l'aérotrain*
Michel Lebrun - *L'égarement*
Jean-François Vilar - *Les fous de Chaillot*
Michel Pelé - *L'interprétation des raves*
Franck Pavloff - *La gare de Lourenço-Marquès*
Serge Meynard - *Dans le Doubs, absinthe-toi !*
Pascale Fonteneau - *Maelbeek*
Olivier Thiébaut - *J'irai revoir mon Cotentin*
Marc Villard - *Les Rosbifs de Montorgueil*
François Braud - *L'appel du bitume*
José-Louis Bocquet - *Le banquet de Merlin*
Eusèbe Dessaint - *En quête de chemins*

Macno

1. Ayerdhal - *Consciences virtuelles*
2. Riton V. - *Dose létale à Lutèce-land*
3. Stéphanie Benson - *Le passage*
4. Jean-Pierre Andrevon - *Cinq anguilles dans une botte d'humains*
5. Michel Chevron - *Gavial poursuite*

À PARAÎTRE EN AOÛT

Le Poulpe
133. Jacques Vettier - *La petite marchande de doses*
134. Alain Leygonie - *Mali mélo*
135. Danièle Rousselier - *Tananarive qu'aux autres*
136. Philippe Delepierre - *L'Aztèque du charro laid*

Canaille/Revolver
140. Christian Poslaniec - *Le mal des fleurs*
141. Sylvie Cohen - *Reno, Nevada*

Macno
6. Gilbert Gallerne - *Petit homme vert*

Cet ouvrage a été imprimé
sur presse Cameron
par ***Bussière Camedan Imprimeries***
à Saint-Amand-Montrond (Cher)
en mai 1998

– N° d'impression : 982896/1. –
Dépôt légal : juin 1998.

Imprimé en France